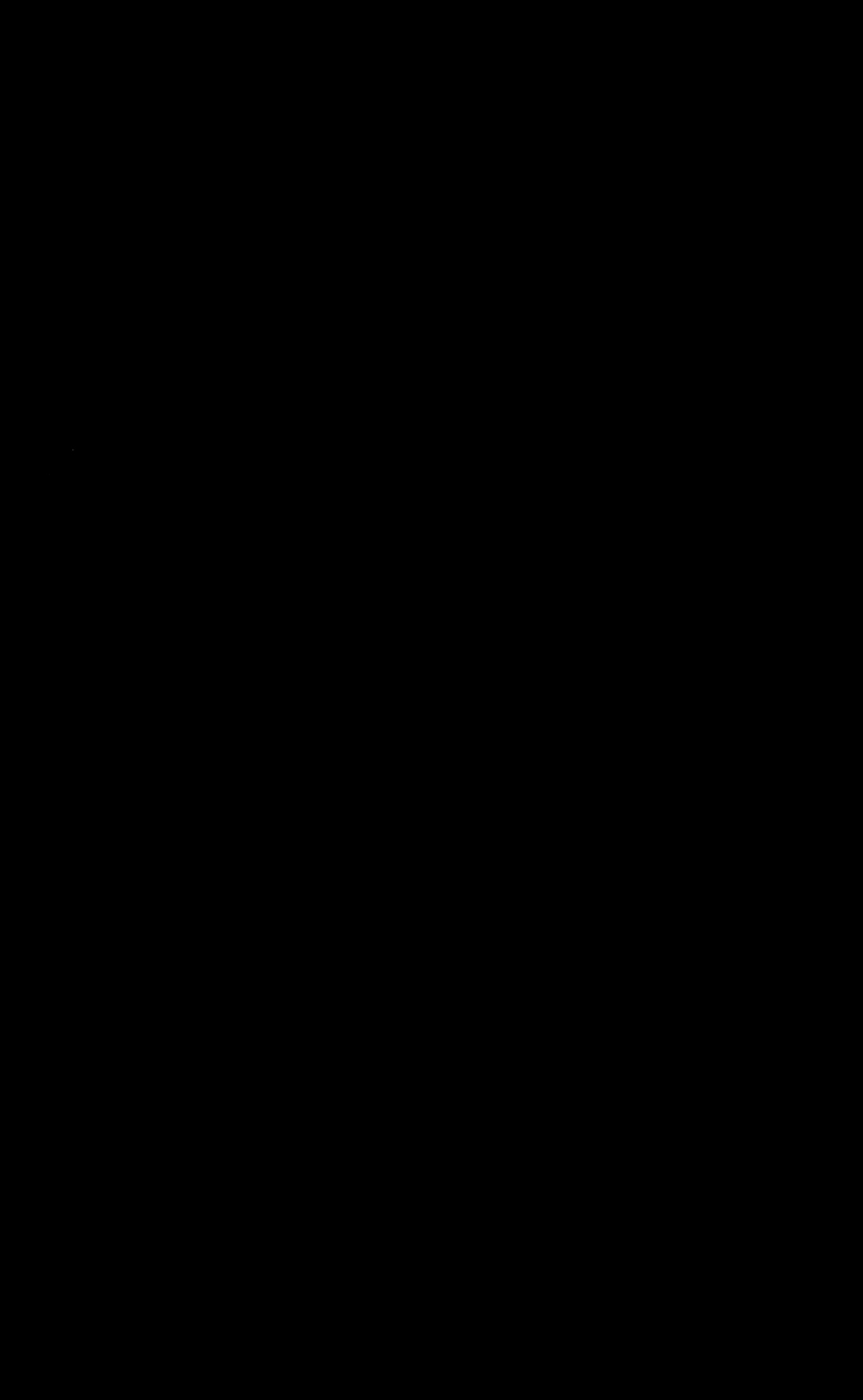

허황옥, 가야를 품다

푸른도서관 38

허황옥, 가야를 품다

초판 1쇄 / 2010년 9월 15일
초판 3쇄 / 2020년 11월 5일

지은이/ 김 정
펴낸이/ 신형건
펴낸곳/ (주)푸른책들
등록/ 제321-2008-00155호
주소/ 서울특별시 서초구 양재천로7길 16 푸르니빌딩 (우)06754
전화/ 02-581-0334~5 팩스/ 02-582-0648
이메일/ prooni@prooni.com 홈페이지/ www.prooni.com
인스타그램/ @proonibook 블로그/ blog.naver.com/proonibook

글 ⓒ 김 정, 2010

ISBN 978-89-5798-234-1 74810

＊잘못된 책은 구입한 곳에서 바꾸어 드립니다.
＊이 책 내용의 일부 또는 전부를 재사용하려면 반드시 저작권자와
(주)푸른책들 양측의 서면 동의를 얻어야 합니다.

이 도서의 국립중앙도서관 출판시도서목록(CIP)은 e-CIP 홈페이지
(http://www.nl.go.kr/cip.php)에서 이용하실 수 있습니다.
(CIP제어번호 : CIP2010002789)

허황옥, 가야를 품다

김 정 지음

푸른책들

차례

1. 붉은 돛을 달아라 • 7
2. 상단, 그리고 • 20
3. 나라를 세우다 • 39
4. 낯선 땅 낯선 사람들 • 56
5. 고향 소식 • 70
6. 인연 • 83
7. 가난한 사람들 • 96
8. 족장의 딸 • 111
9. 봄 • 123
10. 새로운 교역길 • 140
11. 왕후의 자리 • 151
12. 깊어 가는 마음 • 162
13. 파사의 석탑 • 179
14. 마음을 얻기 위해 • 191
15. 벼랑 끝 • 205
16. 물러서지 않으리 • 220
17. 혼인 • 231
18. 꿈꾸는 붉은 돛 • 248

작가의 말 • 259

1. 붉은 돛을 달아라

태양의 나라 아유타
금빛으로 빛나는 나라
사랑하는 부모님
나를 기다린다네
아리아리 아라리
아라리랑 아리아리랑

그리운 아유타. 노래를 부르는 라뜨나의 눈에 눈물이 고였다. 어느덧 하늘과 바다를 붉게 물들였던 노을이 잿빛 어두움으로 내려앉았다.

"듣기 좋구나."

오라버니 락슈마나였다. 바다를 등지고 서 있는 락슈마나의 모습은 아유타 궁궐 앞 청동상처럼 보였다. 시녀장 아므리타가 락슈마나에게 머리를 숙이고 몇 걸음 뒤로 물러났다. 라뜨나는 얼른 뺨에 흐르는 눈물을 닦았다.

"하나 되도록 삼가야지, 다들 고향을 그리워하는데."

락슈마나는 바다를 물끄러미 바라보았다.

'오라버니는 이거 하지 마라, 저거 하지 마라…… 만날 잔소리만 해.'

라뜨나는 락슈마나에게 살짝 눈을 흘겼다. 예전의 웃기 잘하고 다정했던 락슈마나가 아니었다. 특히나 지금처럼 말없이 서 있을 때는 처음 보는 사람처럼 느껴졌다. 라뜨나는 짧게 숨을 내쉬며 락슈마나의 시선을 따라 한층 짙어진 바다로 얼굴을 돌렸다. 그 바다 건너에 두고 온 고향 아유타가 있었다.

지금쯤 아유타의 넓은 들판에는 농부와 검은 물소들이 일하고, 눈을 들면 들판 너머 멀리 햇살에 반짝거리는 사라유 강이 흐르고 있을 것이다. 이웃 나라 사람들은 아유타를 부처님의 축복을 받은 태양의 나라라 부르며 부러워했다.

왕자의 탄생과 겹친 흥겨운 봄 축제가 한창일 때, 월지족이 국경을 침범하였다. 높고 험준한 산을 지나 모래사막에 살고 있던 월지족은 오래 전부터 기름진 아유타의 땅을 호시

탐탐 노리고 있었다. 월지족의 공격은 집요하게 이어졌다. 전쟁이 일어나기 직전이었다. 아유타 궁궐에 친선을 가장한 월지족 사신이 도착했다.

국왕이 라뜨나와 락슈마나를 왕비의 거처로 은밀히 불렀다.

"락슈마나, 공주와 함께 아유타를 떠나거라."

국왕의 얼굴은 창백했다.

"무, 슨 말씀이세요?"

놀란 라뜨나가 말을 더듬거렸다. 국왕이 서늘한 눈길로 허공을 바라보았다.

락슈마나가 바닥에 꿇어앉았고, 라뜨나는 왕의 품에 몸을 던졌다.

"아바마마. 싫사옵니다, 싫어요!"

왕비가 라뜨나를 국왕에게서 떼어 내어 보듬어 안았다.

"월지족이 내건 동맹의 조건이 월지족 아룬 왕자와 우리 라뜨나 공주의 혼인이다. 공주 나이 이제 겨우 열 살, 공주가 어리기도 하거니와 월지족 아룬 역시 아직 강보에 싸인 어린아이인 데다 왕위를 물려받을 수 없는 후궁의 자식이다. 그런 혼인을 시킬 수 없어 다른 조건을 내었으나 공주가 아유타에 있는 이상 월지족 왕도 물러나지 않을 터. 아유타를 떠나거라."

거칠고 빠른 국왕의 목소리는 낯설었다.

"락슈마나, 월지족에게 죽은 네 부모를 생각하면 가슴이 아프다…… 공주마저 월지족에게 내어 줄 수는 없으니 공주를 데리고 피신하라."

"폐하……."

락슈마나가 더 이상 말을 잇지 못하고 고개를 숙였다.

"서둘러라!"

국왕은 자리를 박차고 일어나 밖으로 나가 버렸다. 왕비가 라뜨나를 힘주어 꼭 껴안았다.

"공주야, 월지족과의 혼인은 없을 것이다. 잠시 피해 있으면 꼭 너희를 데려올 것이니 폐하의 명대로 떠나거라. 월지족이 알아채기 전에 서둘러야 한다. 오늘 밤이 그믐이니 기회를 놓쳐서는 안 된다."

라뜨나는 머리를 도리질하며 왕비의 품에서 몸부림쳤다.

"싫어요, 싫어요. 어마마마."

"공주, 이렇게 생각해라. 네가 혼인을 하면 궁궐을 떠나야 하지 않느냐. 조금 일찍 떠난다고 생각하자꾸나. 다시 만날 수 있느니라."

왕비가 목이 멘 듯 더 이상 말을 잇지 못했다. 그 옆에 있는 작은 침상에서 아기 왕자가 칭얼대며 울었다.

"동방의 왕이 공주의 배필이라더니, 이런 일이 일어나려고……."

라뜨나는 흐느끼면서 왕비의 말을 들었다. 어릴 때부터 들어온 이야기였다. 라뜨나를 돌배에 태워 동쪽 바다로 보내라는 동방 왕의 꿈을 국왕과 왕비가 동시에 꾸었다고 했다. 꿈속의 동방 왕은 라뜨나가 하늘이 내린 자신의 배필이라 했다. 왕비가 그 꿈을 떠올린 것이다.

'꿈이 정말 맞는 것일까?'

그런 생각도 잠시, 라뜨나는 도리질하며 다시 울음을 터뜨렸다. 며칠 전만 해도 아무 걱정 없이 아기 왕자의 탄생을 기뻐했는데 느닷없이 모든 것을 버리고 아유타를 떠나야 하다니! 라뜨나의 울음소리가 한참 동안 궁궐 내실을 맴돌았다.

밤이 되자, 라뜨나와 락슈마나는 궁궐을 빠져나왔다. 사라유 강변에는 무사 산제이와 하미드, 하누만 박사 형제 그리고 시녀장 아므리타와 잉신들이 기다리고 있었다.

잠시 후, 아유타 왕실 배가 강물 위를 미끄러지듯 움직였다.

"아, 아바마마. 어마마마!"

아유타 궁궐의 황금빛 둥근 지붕과 섬세한 조각으로 이루어진 회랑과 전각들이, 영리한 말과 코끼리들이, 새와 꽃이 있는 아름다운 정원이 라뜨나의 눈앞을 스쳐 지나갔다. 라뜨나는 정략혼인을 피해 죄인처럼 숨어서 떠나는 자신의 모습에 서러움이 밀려왔다.

락슈마나가 휘청거리는 라뜨나를 끌어안았다. 라뜨나는 락슈마나의 품에 얼굴을 묻고 울었다. 락슈마나의 몸도 가늘게 떨리고 있었다.

배는 날이 훤하게 밝아 올 무렵 강을 벗어났다. 짙푸른 바다가 눈앞에 펼쳐졌다. 다행히 바람이 부드러워 배는 넘실대는 파도를 타며 순탄하게 앞으로 나아갔다.

배의 갑판에는 궁 후원에 있었던 5층 석탑이 우뚝 서 있었다. 그 석탑은 영험한 기운을 품었다 하여 왕비가 소중히 여기던 거였다.

"왕비마마께서 석탑을 배에 실으라 명 내리시며, 이 파사의 석탑이 공주님 안위를 지켜 줄 것이라 하셨나이다."

어머니의 시녀였던 아므리타의 말에 라뜨나는 목이 메었다.

라뜨나는 석탑을 가만히 쓰다듬었다.

'공주야, 힘을 내라.'

문득 어머니의 목소리가 들리는 듯했다. 라뜨나는 깜짝 놀라 고물 쪽으로 달려갔다. 하지만 멀리 육지의 한 자락만 보일 뿐 아유타 궁은 보이지 않았다.

"난 꼭 돌아올 거야. 어찌 월지족 따위가 내 혼인을 결정한단 말이야. 그럴 수 없어!"

라뜨나가 울먹이며 뱃머리에 털썩 주저앉았다.

"구름이 심상치가 않다. 그만 선실로 내려가거라."

락슈마나의 목소리는 낮았지만 날카로웠다. 그러고 보니 아까보다 바람이 거칠어졌다. 라뜨나의 검은 머리카락이 바람에 이리저리 날렸다. 라뜨나는 순순히 선실로 발길을 돌렸다. 선장의 지시로 갑판에는 뱃사람 외에는 남아 있지 않았다.

일찍 잠자리에 들었던 라뜨나는 시끄러운 소리에 눈을 떴다. 한밤중이었다. 파도가 철썩이는 소리와 배가 삐걱거리는 소리가 섞여 바람은 성난 짐승처럼 그르렁거렸다. 배가 심하게 출렁였다. 순식간에 라뜨나는 침상에서 굴러 떨어졌다. 침상 밑에 두었던 궤가 뒹굴며 붉은 천을 쏟아 냈다.

"누구 없어? 아므리타?"

라뜨나는 탁자의 모서리를 붙잡고 일어섰다. 계단을 더듬어 밟고 올라갔다. 또 한 번 배가 일렁이자 라뜨나는 얼른 문고리를 힘껏 붙잡았다. 문이 열리면서 차가운 바닷물이 얼굴에 부딪혔다. 번개가 연달아 번쩍였고 천둥은 우르릉거렸다. 두 눈을 제대로 뜰 수 없었고 귀는 먹먹했다.

번갯불 사이로 용총줄(돛대에 매어 놓은 줄, 돛을 올리거나 내리는 데 씀)을 붙잡고 있는 사람들의 모습이 어렴풋이 보였다. 락슈마나와 그의 호위무사였다. 배는 검은 파도가 흔드는 대로 출렁거렸다. 찢긴 돛이 바람에 너덜거렸다.

"용총줄을 당겨라!"

락슈마나가 상갑판 위에서 소리쳤다. 그 순간, 부러진 활대가 한쪽으로 기울어져 상갑판 위로 크게 흔들리다가 락슈마나를 쳤다.

"오라버니!"

라뜨나의 목소리는 파묻혔다. 번뜩거리는 번개 사이로 뱃사람들이 이리저리 흔들렸고, 호위무사가 락슈마나를 부축해 선실로 내려갔다.

라뜨나는 난간을 붙잡고 조심스럽게 앞으로 나아갔다. 선실 쪽으로 가고자 했으나 몸이 마음대로 움직이지 않았다. 거센 파도가 들이칠 때마다 잉신들은 물론 뱃사람들도 폭포수 같은 물살에 휩쓸리지 않도록 자신의 몸을 가누기에 바빴다. 연방 바닷물에 씻기는 석탑이 라뜨나의 눈에 들어왔다. 라뜨나는 간신히 산제이가 있는 상갑판 아래에 이르렀다. 라뜨나가 이리저리 흔들리는 용총줄 하나를 잡으려고 애쓰고 있는 산제이에게 다가갔다. 산제이는 다리를 다친 듯 하체를 제대로 움직이지 못했다. 라뜨나는 긴 용총줄을 끌어다 산제이의 손에 쥐여 주고 자신도 줄의 한쪽 끝을 움켜잡았다.

"안 됩니다, 공주님. 다른 사람을 불러오십시오!"

산제이가 소리쳤다. 그러나 라뜨나는 꼼짝도 하지 않았다. 지금 상황에 사람을 부르러 갈 수는 없었다. 잠시 망설이던 산제이가 줄을 당겨 기둥에 묶었다. 또 한 번의 파도가 라뜨나와 산제이를 휩쓸어 석탑에 내동댕이쳤다. 석탑에 부딪힌 머리가 화끈거렸다. 용케 밧줄을 놓치지 않고 잡았다. 라뜨나는 엎드린 채 밧줄을 바닥에 고정되어 있는 석탑에 감았다. 그 모습을 본 산제이의 입이 벌어졌다. 왕비의 석탑에 밧줄을 감는 것은 불경스런 짓이었다. 그러나 산제이는 어쩔 수 없이 라뜨나의 손에서 줄을 받아들고 석탑에 야무지게 매듭지었다. 석탑은 배 위에 있는 그 어떤 물건보다도 튼튼하게 바닥에 고정되어 있었다.

"제발, 무사히 폭풍을 지나게 해 주세요."

라뜨나는 석탑을 향해 빌었다. 또다시 산제이 등 뒤로 거대한 물보라가 덮쳤다. 라뜨나는 석탑을 꼭 끌어안았다. 물살에 휩쓸려 선미루 뱃전까지 밀려난 산제이가 움직이지 않앉다.

"위험해!"

누군가 라뜨나의 몸을 감싸 안았다. 왕실 주치의였다. 머리 위에서 건들거리던 활대마저 부러져 갑판 위를 굴렀다.

"공주님! 어서 피하소서."

주치의는 라뜨나를 선실 쪽으로 밀었다. 라뜨나가 와들와들 떨리는 손가락으로 쓰러져 있는 산제이를 가리켰다. 주치의가 고개를 끄덕이더니 선미루 쪽으로 몸을 돌렸다. 내리꽂는 물줄기 사이로 뱃사람들이 산제이를 부축하는 모습이 보였다. 그때 끝이 보이지 않는 너울이 배를 덮쳤다. 선미루 위에 있던 뱃사람들이 파도에 휩쓸렸다. 바로 눈앞에서 사람들이 사라졌다. 주치의의 모습은 어디에도 보이지 않았다. 무서움이 왈칵 몰려왔다.

라뜨나는 그 자리에 허물어지듯 주저앉았다. 아무 생각도 할 수 없었다. 귀가 끊임없이 윙윙거렸고 머릿속은 텅 빈 것 같았다.

라뜨나의 머리 위로 밧줄이 흔들렸다. 갑자기 어떤 강렬한 힘이 밧줄을 따라 정수리 쪽으로 들어오는 것을 느꼈다.

'어떤 일이건 당당하게 맞서야 하는 거야, 두려워한다고 해결되는 것은 아무것도 없단다.'

라뜨나가 뒷걸음질칠 때면 냉정하게 되뇌던 왕비의 말이 귓가를 맴돌았다.

"그래, 난 아유타 공주야!"

라뜨나가 손을 뻗어 길게 늘어진 줄을 잡고 일어났다. 얼굴을 두드리는 빗줄기 때문에 눈을 뜨는 것조차 힘이 들었다. 라뜨나는 꼭 잡은 밧줄을 놓지 않았다. 먹먹한 귓속으로 소름끼치는 소리들이 계속 비집고 들어왔다. 추위와 공포로 몸이 덜덜 떨렸다. 얼마나 지났을까, 라뜨나의 귀에 뱃사람들의 목소리가 크게 들렸다.

"조금만 더 힘을 내어라! 파도가 약해지기 시작했다. 빗줄기도 가늘어졌다."

그랬다. 끝나지 않을 것처럼 퍼붓던 빗줄기가 확연하게 줄어들었다. 거짓말처럼 폭풍우는 물러나고 있었다. 하늘에 검은 구름이 빠르게 흐르고 있다. 라뜨나는 그대로 고꾸라졌다.

"공주, 공주! 눈을 떠라. 정신 차려라."

귀에 익숙한 목소리였다.

"나를 알아보겠느냐?"

라뜨나를 내려다보는 락슈마나의 얼굴이 몰라보게 핼쑥했다.

"오, 라버니, 오라버니! 다치지 않았어요?"

"왕자님께선 약간의 상처만 있을 뿐 괜찮습니다."

곁에 있던 하미드 박사가 몸을 구부려 라뜨나의 눈동자를 자세히 살피며 말했다.

"내 걱정을 하는 걸 보니 정신이 들었구나."

락슈마나의 입술에 맺혔던 피가 배어 나왔다.

"파도가 몰아치는데 갑판 위를 어슬렁거리다니, 밧줄은 왜 잡고 있었느냐. 그런 건 힘센 뱃사람들이 하는 일이야. 또다시 그런 위험한 행동을 하면 내 그냥 넘어가지 않을 테다."

락슈마나가 울먹거렸다.

라뜨나는 시녀들의 부축을 받아 간신히 일어섰다. 다리가 휘청거렸다.

다음 날, 하늘은 맑았다. 갑판 위로 햇살이 따뜻하게 비쳤다. 바다는 언제 그토록 출렁였냐는 듯 자잘한 물비늘로 반짝거렸다.

배는 깨끗하게 정리되어 있었다. 부러진 활대는 다시 세워져 있었고, 밧줄을 묶었던 석탑도 그 자리에 그대로 서 있었다.

"왕비마마께서 기도하시던 석탑이 우리를 지켜 주었구나."

락슈마나는 어제와 달리 밝은 표정이었다. 그때 선장이 외쳤다.

"여기를 보시오! 행운의 돛이요."

선장의 머리 위로 붉은 바탕에 물고기 한 쌍을 은실로 수놓은 돛이 서서히 펼쳐지고 있었다.

"아니, 저것은 아유타 왕실의 쌍어 문양이 아니냐!"

"맞아요, 오라버니. 어마마마께서 바다로 나가면 붉은 돛을 달라 하셨어요. 붉은 돛은 성난 바다를 잔잔하게 잠재우는 힘이 있대요."

라뜨나는 방긋 웃으며 자랑스런 마음으로 돛을 바라봤다.

"역시 왕비마마시구나."

락슈마나가 선장이 있는 선미루 위로 성큼 올라갔다.

"여러분! 어젯밤에는 고생이 많았소. 파신(파도와 바람의 신)을 막아 주는 왕실의 붉은 돛을 달았으니 이젠 한결 수월한 항해가 될 것이오. 힘을 냅시다."

바람이 락슈마나의 머리카락을 헝클며 지나갔다.

"와와, 만세! 와아아!"

배에 탔던 사람들은 모두 소리를 지르며 손을 흔들었다.

"앞으로!"

락슈마나의 우렁찬 소리에 하늘의 흰 구름이 깜짝 놀란 듯 흐트러졌다. 붉은 돛이 힘차게 펄럭였다.

2. 상단, 그리고

 붉은 돛을 단 배는 바다를 떠돌았다. 하루하루가 쉽지 않은 일들의 연속이었다. 때때로 거센 바람과 세찬 파도에 맞서야 했고, 해적들에게 시달리기도 했다. 라뜨나는 숨 가쁜 순간들을 헤쳐 나가면서 차츰 따뜻한 어린 시절이 끝났다는 것을 깨달았다.
 육지를 발견하고 머물게 된 곳은 한나라 변방 어촌이었다. 은발의 촌장은 온화한 성품을 지니고 있었다. 하미드 박사의 통역으로 촌장과의 의사소통은 어려움이 없었다. 촌장은 마실 물이며 음식들을 마련해 주었다. 그뿐 아니라 일행 중 환자가 있다는 말을 잊지 않고 친절하게도 의원까지 딸려 보냈다. 한나라 의원은 침술을 사용하였다. 다치거나 병들었던 사람이 침을 맞고 가뿐히 일어났다. 라뜨나는 처음 보는 한

나라의 의술을 무척 신통하게 생각했다.

"아므리타, 배워 두면 좋겠다. 침만 있으면 위급할 때 빠르게 시료할 수 있잖아."

의원을 지켜보던 아므리타가 라뜨나의 말에 고개를 끄덕였다.

뱃사람들과 잉신들이 배를 수리하고 마을 일을 돕는 동안 락슈마나와 하미드 박사는 앞으로 어떻게 살아야 할지, 어디에 거처를 정할 것인지를 의논했다.

어촌에 머물게 된 지 한 순이 지났다. 라뜨나가 부름을 받고 락슈마나의 천막을 찾았을 때 잉신들이 모두 모여 있었다.

"소신은 바다로 나가야 한다고 생각합니다. 이곳은 아유타와 그리 멀지 않아 위험합니다."

호위무사 산제이가 큰 목소리로 말했다.

"산제이의 말도 일리가 있소이다만 한나라는 큰 나라요. 이곳에서 아유타가 어떻게 돌아가는지 살피는 것도 나쁘지 않다고 보오."

하미드 박사의 말이었다. 다른 잉신들도 제각각 의견을 내놓아 천막 안은 시끌시끌했다.

잠자코 잉신들의 말을 듣고 있던 락슈마나가 가볍게 탁자를 두드렸다. 락슈마나는 잉신들의 얼굴을 찬찬히 둘러보며 의지가 확고한 목소리로 입을 열었다.

"이렇게 하는 것이 어떠하오. 우선 이곳에서 가까운 도시, 사천성으로 갑시다. 그곳에서 재물을 모읍시다."

락슈마나와 하미드 박사는 아유타를 도울 수 있는 길을 찾았던 것이다.

"재물이라 함은…… 상단을 꾸리자는 것이옵니까?"

"좋은 생각이옵니다. 재물을 모으면 아유타를 도울 수 있으니, 참으로 가슴 벅찬 일이옵니다."

"하오나 어찌 왕자님께서 장사를 하시겠습니까. 소신들이 나서겠나이다."

잉신들의 말에 락슈마나가 고개를 흔들었다.

"나는 우리 아유타를 위해서라면 뭐든지 할 것이오! 그리고 하미드 박사가 교역 경험이 있으니 문제 없이 잘할 수 있을 것이오."

라뜨나는 눈물이 핑 돌았다.

"맞아요. 아유타를 위하는 일이라면 나도 도울 것입니다."

라뜨나는 주먹을 불끈 쥐고 다부지게 말했다. 잉신들의 눈이 라뜨나에게 쏠렸다.

"아유타를 위해 일해 봅시다."

"예! 성심을 다하겠나이다."

락슈마나의 말에 잉신들이 힘차게 대답했다. 새로운 희망이 이들을 들뜨게 했다. 계획이 서자 모두들 재빨리 움직였다. 이곳에 더 머물 필요가 없었다. 어촌의 촌장은 아유타인들에게 친절했고 믿을 수 있었으므로 타고 온 왕실 배를 맡기기로 했다.

며칠 뒤, 라뜨나 일행은 촌장의 도움을 받아 사막을 건너 사천성 안악현으로 갔다. 안악현에는 하미드 박사가 아유타에 있을 때 교역했던 바달라 상인이 있었다.

"마침 빈 집이 있으니 그리로 옮기시지요. 얼마 전까지 제가 거처하던 곳이라 지내기에는 불편함이 없을 것입니다."

바달라가 안내한 집은 라뜨나 일행이 머물기에 부족함이 없었다. 붉은 현판이 걸린 대문을 열고 사랑채와 별채로 보이는 여러 개의 문을 지나자, 아름답게 꾸며 놓은 정원의 나무들 사이로 하얀 벽돌로 쌓아 올린 건물이 날렵하게 자리 잡고 있었다. 안채의 넓은 방은 화려한 물건들로 치장되어 있었다. 커다란 격자무늬 장식장에 진열된 각종 옥 장신구와 공예품도 눈길을 끌었다. 탁자 위에는 황금으로 무늬가 아로새겨진 청록의 도자기가 도도한 기품을 자랑하고 있었다. 무엇보다 라뜨나의 관심을 끈 것은 흰 비단 위에 수놓은 새와

꽃 그리고 고양이 자수였다. 연회색으로 수놓은 고양이의 털은 하나하나 살아 움직이는 듯했다. 아유타에서 보지 못한 섬세한 것들이었다. 라뜨나는 눈에 보이는 모든 것들이 놀랍고 새로웠다.

방 안으로 들어선 락슈마나는 잉신들을 불러 모았다.

"한나라 말을 배워라. 어설프게는 안 된다. 마을 사람들처럼 완벽하게 할 수 있도록 하라."

락슈마나의 명은 당연했다. 지금으로서는 언제 아유타로 돌아갈 수 있을지 알 수 없었다. 한나라에서 살아가려면 무엇보다 사람들과 소통할 수 있는 말이 중요했다. 더구나 교역을 시도하려는 때이니. 아유타 사람들은 락슈마나의 명에 따라 한나라 말 배우기를 게을리하지 않았다. 그러는 와중에 락슈마나와 하미드 박사는 한나라 교역 상황을 상세히 살피고 있었다.

"바달라 상단은 지금 왕호 상단을 누를 사람과 자금이 필요하다고 들었습니다. 우리와의 거래를 마다하지 않을 겁니다."

하미드 박사의 말처럼 바달라는 이재에 밝은 상인이었다. 락슈마나와 잉신들은 바달라의 인맥과 보호를 받으며 안악현에서 순조롭게 상단을 꾸릴 수 있었다.

상단은 하미드 박사의 지시에 따라 긴밀하게 움직였다. 모두들 열심히 노력한 덕분에 상단은 서서히 자리를 잡기 시작했다. 곡물과 무기를 아유타로 보낼 수 있을 만큼의 이문이 남자, 락슈마나는 승려로 위장하여 직접 아유타를 드나들었다.

라뜨나는 락슈마나와 하미드 박사 곁에서 교역에 관한 일들을 착실히 배웠다. 상인들 간의 움직임과 사람을 대하는 방법, 사막을 넘어 먼 길을 오는 서역 상인들이 무엇을 얼마만큼 원하는지를 파악해 거래에 유리하도록 이끌어 내는 것 등이었다. 큰 거래일수록 은밀한 정보가 많았다. 라뜨나는 사람들 속에서 정확한 정보를 수집한 다음 재빠른 판단으로 거래해야 함을 터득했다. 실패와 성공의 경험이 풍부해진 라뜨나는 교역에서 즐거움을 느꼈다.

라뜨나는 아주 비싼 값을 치르고 여러 분야의 한나라 서책을 사들여 탐독하기도 했다. 서책에는 직접 경험할 수 없는 수많은 정보가 들어 있었다.

'두려워 마라. 사람이 하는 일에 노력해서 이루지 못할 것은 없단다.'

라뜨나는 때때로 왕비가 하던 말들을 떠올리며 다짐했다.

'어머니처럼 강하고 아름다운 사람이 되리라. 하루빨리 월

지족을 물리칠 수 있도록 아유타를 도우리라. 그리고 아유타로 다시 돌아갈 것이다.'

아유타 상단은 점점 커졌다. 토번(티벳)뿐만 아니라 여헌국(이집트) 및 여러 서역과도 교역을 트게 되었다. 라뜨나는 락슈마나를 따라 교역에 참여했고 성공으로 이끌었다. 그 모습을 지켜본 잉신들은 흐뭇해했으나, 락슈마나는 라뜨나가 낯선 땅에서 고생하는 게 가슴 아파 종종 안쓰럽게 바라보곤 했다. 그럴 때면 락슈마나 처소에서는 불경 소리가 밤늦도록 이어졌다.

여헌국과의 큰 비단 거래를 끝낸 다음 날이었다. 라뜨나는 산제이와 함께 저잣거리에 새로 나온 물건들을 살피고 있었다.

라뜨나와 산제이가 여느 때처럼 전포들을 지날 때, 한 무리의 군졸이 초라한 전포 앞에 빙 둘러서 있었다. 짙푸른색의 겉옷으로 보아 안악현 관군이었다. 관군이 전포 안에서 한 사내를 끌어냈다. 사나운 발길이 번갈아 가며 왜소한 사내의 몸을 걷어찼다.

"살려 주십시오, 제발 살려 주십시오."

"잔말 마라! 그러기에 고분고분 말 들으면 좋지 않느냐!"

사내에게 빈정거리는 목소리가 들렸다. 전포에서 거만하

게 걸어 나오는 자는 제법 높은 관직인 둔장이었다.
"나리, 딸아이가 나리의 시중을 들기에는 아직 어립니다."
관군이 또다시 사내의 몸에 주먹과 발길질을 쏟아 부었다. 아기를 업은 아낙네가 맨발로 달려나와 사내를 감쌌다. 둔장이 거들먹거리며 사내의 얼굴에 침을 뱉었다.
"세금을 못 내니 저 계집을 데려갈 수밖에! 저리 비켜라!"
"둔장 나리, 살펴주십시오. 지금 낼 세금도 숨이 막힐 지경입니다요. 더 내라면 우리는 어떻게 살란 말입니까. 나리, 너그러운 마음으로 제발 살려 주십시오."
아낙네가 울부짖으며 애원했다.
"세금도 안 내고 딸도 주지 않겠다니, 내가 그리 만만해 보이느냐?"
둔장이 자신의 옷자락을 잡는 아낙네의 머리채를 휘어잡아 바닥에 내동댕이쳤다. 아낙네의 코와 입에서 피가 흘렀고 등에 업혀 있던 아기가 자지러지게 울었다. 구경하는 사람들의 얼굴에 분노의 빛이 서렸지만 아무도 선뜻 나서지 못했다. 차마 못 볼 광경이었다.
"관원들이 여인네를 그렇게 대하다니 너무 심하지 않습니까!"
라뜨나가 더 이상 참지 못하고 소리쳤다.

"뭐라!"

둔장의 얼굴이 벌게졌다. 둔장 옆에 있던 군졸이 칼을 빼 들고 다가왔다. 라뜨나 역시 화가 솟구쳐 칼을 뽑으려 했다. 그러나 산제이 손이 더 빨랐다. 산제이는 라뜨나를 자신의 몸 뒤로 감추었다. 모자가 벗겨지는 바람에 라뜨나의 새까만 머리카락이 그대로 드러나 햇살에 반짝거렸다.

"아닙니다, 나리! 송구합니다."

산제이가 황급히 한쪽 무릎을 꿇으며 말했다. 둔장이 눈초리를 치켰다. 입에서 야비한 웃음이 새어 나왔다. 산제이가 무릎걸음으로 다가가 둔장 앞에서 머리를 조아렸다.

"뭐 하는 놈들이냐!"

"장사꾼입니다요. 나리, 일간 찾아뵙고 인사를 드릴 터이니 오늘은 너그러이 용서해 주십시오. 세상 물정 모르는 어린 동생입니다."

산제이가 붉은 주머니를 둔장의 손에 바쳤다. 주머니는 순식간에 둔장의 허리춤으로 들어가 버렸다. 그런데 곁에 있던 군졸이 둔장에게 몸을 기울여 귀에 뭐라고 속살거렸다.

"뭐? 폭도? 너! 고개를 들라."

둔장이 고개를 휙 돌려 관군에게 눈짓을 하였다. 관군이 삽시간에 라뜨나와 산제이를 에워싸고 장창을 들이댔다.

그때였다. 뒤에서 쇠 부딪치는 소리가 요란했다. 미처 돌아볼 새도 없이 낯선 칼잡이의 몸이 산제이 등에 맞닿았다. 산제이가 라뜨나를 감싸며 몸을 틀었다.

"그대는……."

산제이의 눈이 휘둥그레졌다.

"도망치시오!"

칼잡이가 소리쳤다. 큰 갓으로 얼굴을 가린 칼잡이는 능숙하게 칼을 휘두르며 길을 터 주었다. 산제이가 라뜨나의 팔을 잡아채어 달렸다. 사람들이 물길 갈라지듯 재빨리 길을 열어 주고, 곧바로 길을 막아 뒤쫓으려는 관군의 발길을 묶었다. 등 뒤로 군졸들이 내지르는 소리가 귀를 먹먹하게 했다.

관군에게서 빠져나온 라뜨나와 산제이가 헐떡이며 골목으로 들어섰을 때였다.

"별채 손님!"

산제이가 갑자기 걸음을 멈추며 놀란 목소리로 외쳤다. 산제이와 라뜨나의 눈앞에 별채에 머물고 있는 바달라의 손님이 서 있었다. 라뜨나는 얼굴을 붉혔다.

두 달 전이었다. 한밤중 이상한 느낌에 잠이 깬 라뜨나는 직감으로 칼을 뽑아들었다. 달빛 환한 창으로 그림자가 어른거렸다. 혹 월지족 첩자가 여기까지 온 게 아닐까 싶었다. 그러자 온몸이 차가운 물을 끼얹은 듯 서늘해졌다. 그림자는 방문 앞에서 멈칫거리더니 몸을 뜰로 돌렸다. 그 틈을 놓치지 않고 방문을 연 라뜨나는 남자의 목에 칼을 겨누었다. 남자의 어깨에는 축 늘어져 움직임이 없는 부상자가 매달려 있었다.

라뜨나의 눈과 남자의 눈이 짧은 순간 부딪쳤다.

라뜨나는 여전히 공격 자세를 취하며 소리쳤다.

"누구냐? 누군데 함부로 들어오느냐!"

"여기가 바달라 대인의 집이 아니오? 바달라 대인을 만나러 왔소."

남자의 목소리는 놀란 듯했으나 정중했다. 격식을 갖춘 한나라 말이었다.

"그분을 어찌 찾는 것이냐?"

라뜨나는 경계를 늦추지 않고 날카롭게 물었다.

"대인을 꼭 만나야 하오. 예란성에서 왔다 하면 알 것이오."

남자는 약간 고개를 숙이며 예를 보였다. 뒤늦게 라뜨나의 호위무사들이 달려왔다. 그제야 라뜨나는 천천히 칼을 거두었다. 라뜨나가 한 무사에게 귀엣말로 바달라를 불러 오라고 지시하려는 순간, 부상자의 팔이 남자의 허리 아래로 툭 떨어졌다.

"이쪽으로 오시지요."

라뜨나는 망설임 없이 부상자를 부축하여 별채로 안내했다. 부상자는 까무러져 정신을 잃은 지 오래였다. 곧 의원이 달려와 부상자의 상처를 돌봐 주었다. 라뜨나는 부상자를 돕는 남자의 얼굴을 찬찬히 살폈다. 위급한 상황이었는데도 침착한 태도였다. 아무나 보일 수 없는 의연함이었다. 라뜨나는 남자의 팔에 눈길이 갔다. 옷에 피가 흥건했다. 보아하니 부상자를 부축하느라 배어든 피가 아니었다.

"대인께서도 시료를 받으셔야겠습니다."

라뜨나의 말에 남자는 그제야 자신의 팔을 내려다보았다. 남자는 의원에게 팔을 맡기며 가볍게 고개를 숙여 라뜨나에게 고마움을 표했다.

얼마 지나지 않아 라뜨나의 호위무사와 함께 바달라가 별채로 들어왔다.

"설마 했는데, 어찌 이렇게 귀한 걸음을 하셨습니까?"

바달라는 남자를 보자 무척이나 반가워했다. 곧이어 바달라가 라뜨나에게 고개를 돌렸다.

"아가씨, 놀라셨지요? 저와 인연이 있는 나라의 귀하신 분입니다. 이곳에서 계속 만났기에 아직 저희 집인 줄 아신 겁니다."

라뜨나가 이해한다는 듯 고개를 끄덕였다.

"부상자가 있으니 당분간 이곳에 머물러야겠습니다. 그리하여도 되겠는지요?"

바달라는 침상에 누운 사람을 살피더니 라뜨나의 동의를 구했다.

"대인께서 아시는 분이면 저희에게도 귀한 분이지요."

라뜨나가 공손하게 답하며 다시 한 번 손님을 눈여겨보았다. 여인처럼 갸름하고 흰 얼굴, 예사롭지 않는 눈빛과 기품. 따뜻한 느낌이 라뜨나의 온몸으로 퍼졌다. 돌연 얼굴이 달아올랐고 가슴은 아프도록 팔딱거렸다. 생전 처음 느끼는 삼정이었다.

손님은 별채에 머물게 되었다. 많은 무사들이 별채의 담을 넘나들었다. 산제이도 간혹 별채에 드나드는 눈치였다. 시녀장 아므리타가 별채 소식을 수시로 전했다. 부상자인 을불 장군의 몸이 거의 회복되었다든가 별채 손님이 생선을 잘 드신다든가 하는 일들이었다. 라뜨나의 눈길이 자꾸만 별채로 향했다. 왜 그에게 신경이 쓰이는지, 왜 가슴은 또 이토록 두

근거리는지 자신의 마음을 알 수 없었다. 그런데 오늘 별채의 손님을 저잣거리에서 우연히 만나게 되다니. 달밤에 처음 만난 이후 꼭 두 달 만이었다.

별채의 손님에 이어 라뜨나를 도왔던 칼잡이가 그림자처럼 나타났다. 그는 별채 손님의 무사들 중 하나였다.
"큰일 날 뻔했소이다. 당신들, 개죽음 당하고 싶소이까? 관군, 저놈들이 폭도로 몰면 그대로 잡혀간단 말이오."
칼잡이 얼굴에 길게 난 흉터가 실룩거렸다. 산제이와 칼잡이의 눈이 맞부딪쳤다. 칼잡이가 뭔가 말하려는 듯 입술을 달싹였다. 그때 별채의 손님이 한 발 앞으로 나섰다.
"됐네. 그만 가세. 아가씨, 조심하십시오."
별채의 손님이 라뜨나에게 목례를 하고는 칼잡이를 데리고 재빨리 걸음을 옮겼다. 문득 길바닥에 반짝거리는 금 장신구가 라뜨나의 눈에 들어왔다. 거북이 모양이었다. 라뜨나가 허리를 굽혀 그것을 손에 들고 고개를 들었을 땐 별채의 손님은 사라지고 없었다.

산제이가 라뜨나 앞으로 바짝 다가왔다.
"공주님, 빨리 집으로 돌아가 꼼짝 말고 계십시오. 소신이 갈 때까지 절대로 문밖을 나서면 안 됩니다."

산제이가 라뜨나에게 이르고는 별채의 손님이 간 방향으로 곧장 달려갔다.

홀로 남은 라뜨나는 자신의 호위무사인 산제이가 왜 그들을 뒤쫓는지 어리둥절하기만 했다.

"소녀를 저잣거리에 내버려 두고 사라지다니요! 그 무지막지한 관원들, 생각만 해도 치가 떨리는데 산제이가 이럴 수는 없는 겁니다. 소녀의 호위무사가 아니옵니까? 직분을 잊어버리다니. 오라버니, 홀로 걸어오는데 얼마나 무서웠는지 모릅니다."

집에 돌아온 라뜨나는 락슈마나에게 하소연했다.

라뜨나에게서 저잣거리의 사건을 들은 락슈마나의 얼굴이 어두워졌다. 락슈마나는 잠시 말없이 염주를 굴리더니 라뜨나를 다독였다.

"공주, 잘하였다. 침착하게 관원들을 따돌리고 무사히 돌아왔으니. 산제이에게 무슨 사정이 있을 것이야. 기다려 보자."

다음 날 새벽, 별채의 손님과 무사들이 소리 없이 그곳을 떠났다. 산제이도 돌아오지 않았다.

락슈마나는 깊은 생각에 잠겼다. 산제이가 떠난 이유를 누구보다 잘 알고 있었다. 질 좋은 철기를 더 싸게 구입할 방법을 별채 손님의 무사들이 알고 있었다. 그것을 알아챈 산제이가 그 무사들과 접촉했던 것인데, 뭔가 잘못된 것이 분명했다.

"왕자님, 산제이의 일을 관아에서 알게 된다면 여러 가지로 힘든 일이 생길 겁니다. 그 전에 이곳을 떠나는 게 좋지 않겠습니까?"

소식을 전해 들은 하미드 박사가 조심스럽게 권했다.

"조금만 더 산제이를 기다려 봅시다. 섣불리 움직였다가 오히려 주목 받을 수 있습니다."

락슈마나 역시 신중하게 대답했다.

그로부터 나흘이 흘렀을 때였다. 락슈마나와 라뜨나가 함께 물품 장부를 검토하고 있는데 갑자기 방문이 왈칵 열리며 하미드 박사가 들어왔다.

"왕자님! 바달라 대인의 전갈입니다."

하미드 박사가 창백한 얼굴로 서찰을 내밀었다. 급히 서찰을 펼친 락슈마나는 탄식을 내뱉으며 어금니를 꽉 물었다.

"무슨 일이에요?"

라뜨나가 바삐 다그쳐 물었다. 락슈마나는 서찰을 라뜨나에게 건넸다.

이 편지를 받는 즉시 떠나시오. 둔장이 폭도들을 잡았는데, 폭도 중의 한 명이 무사 '조광'을 안답니다. 둔장은 조광이 철 무기를 거래했을 것이라 추측합니다. 이 일이 사실로 밝혀진다면 아무도 무사하지 못하게 됩니다. 그러니 지금 떠나셔야 합니다. 가릉강에 배를 준비시켰으니 지체 말고 빠져나가십시오. 나머지 일은 제가 알아서 할 테니 염려 마십시오.

'조광'은 한나라에서 산제이가 쓰는 이름이었다. 락슈마나는 라뜨나의 긴 속눈썹이 파르르 떨리는 것을 보았다.

"관군이 들이닥치면 우리 상단이 아유타에 철기를 보낸 일도 발각될 것입니다. 한나라 관청에서 철기 거래는 철저하게 금하지 않습니까. 틀림없이 관원들이 물고 늘어질 겁니다. 떠날 준비를 하겠습니다."

하미드 박사의 목소리가 희미하게 떨렸다.

"그럴 시간 없소. 지금 당장 사람들이 눈치 못 채게 서너 명씩 집을 빠져나가라 이르시오."

락슈마나는 거침없이 명했다.

라뜨나 일행은 한 몸처럼 재빨리 움직여 안악현을 벗어났다. 가릉강가에 도착한 것은 그 다음 날 갓밝이가 되어서였다. 바달라가 마련해 준 배를 타고 가릉강을 지나 더 큰 양자강으로 흘러들어갔다. 바다로 들어가기 전, 바닷가 촌장에게 맡겼던 아유타 왕실 배를 되찾았다. 쌍어 조각이 새겨진 낯익은 아유타 배를 보자 라뜨나는 가슴이 뛰었다.

'이 배를 타고 아유타로 가면 얼마나 좋을까.'

아직은 돌아갈 수 없는 고향이었다. 라뜨나는 눈에 물기가 어리는 것을 느꼈다.

"아무리 힘든 일이 있어도 아유타가 월지족보다 강한 나라가 되도록 도울 것이야."

라뜨나는 두 주먹을 불끈 쥐고 소리쳤다. 그러고는 목을 길게 빼어 두리번거리며 락슈마나를 찾았다. 갑판 위에는 사람들이 몰려 있었다. 그들의 눈빛이 머무는 곳도 아유타가 있는 방향이었다.

'내 마음처럼 모두들 이 배로 고향에 가고 싶은 거로구나.'

라뜨나는 눈시울이 뜨거워져 얼른 고개를 돌렸다. 선수 난간을 두 손으로 꽉 잡고 있는 락슈마나의 모습이 보였다. 라뜨나는 빠른 걸음으로 다가갔다.

"오라버니, 또다시 떠돌게 되었어요."

라뜨나의 목소리에 락슈마나가 뒤돌아봤다.

"공주, 걱정 마라. 세상은 넓다. 우리는 이제 더 풍요로운 나라로 갈 것이다."

락슈마나가 입가에 옅은 미소를 지으며 주먹으로 가볍게 배의 난간을 두드렸다.

"모두가 소녀의 잘못입니다."

"아니다, 어찌 공주만의 잘못이겠느냐."

락슈마나가 하늘을 올려다보았다. 돛대에 높다랗게 매달린 붉은 돛이 바람에 펄럭였다. 붉은 돛을 바라보던 라뜨나는 왕비의 꿈에 나타났다는 동방 왕을 떠올렸다. 라뜨나는 락슈마나의 소매를 잡아끌었다.

"오라버니, 분명 동방에 행운이 있을 것입니다. 배를 동으로 돌려 나가기로 해요."

라뜨나는 확신했다. 뜻밖의 제안에 락슈마나가 생각에 잠긴 듯 말이 없었다. 이윽고 락슈마나가 고개를 끄덕이더니 선장에게로 올라갔다.

아유타의 배는 곧장 뱃머리를 동으로 돌렸다. 반짝이는 물결을 따라 날치들이 바다 위를 날아다녔다.

3. 나라를 세우다

 예란성 왕자 청예는 무사들을 이끌고 사천성을 떠났다. 더 이상 한나라에 머무는 것은 위험했다.
 "혼강을 따라 남으로 가라. 내가 보낸 사람이 아니면 아무도 믿지 마라."
 "예, 예란성으로 가는 육로 또한 위험하니 뇌질님도 조심하십시오."
 중랑장 을불이 군마와 수군을 이끌고 먼저 한나라를 떠났다. 지금으로서는 그것이 가장 안전한 방법이었다.
 청예 일행이 부여 변방에 당도했을 때였다. 예란성으로부터 전갈이 왔다. 대규모 폭동으로 말미암아 한나라 관병이 예란성을 점령했다는 소식과 국왕의 암살 소식이었다. 청예는 두 눈을 질끈 감았다.

예란성은 북으로 멀리 선비족과 흉노, 동으로 고구려와 부여, 서쪽으로 한나라와 접해 있었다. 이들 강대국 사이에 끼어 있는 소국 예란성은 항상 전쟁의 위협에 시달려야 했다. 굴욕스럽게도 십여 년 전에 한나라와 혈맹을 맺은 까닭에 아우의 나라로 매년 조공을 바치고 있었다. 그런데 요 근래 몇 해 동안 계속되는 가뭄으로 굶주린 백성이 즐비한데도 한나라에서는 더 많은 공출을 요구했다. 모멸에 가까운 감시와 약탈을 견디다 못한 농민과 야로들이 일으킨 작은 소요는 점점 더 큰 폭동으로 발전했다. 청예가 예란성에 있을 때보다 더 큰 폭동이었다면 문제는 심각했다.

"뇌질님, 선왕께서 승하하시기 전에 단야족을 다시 일으키라는 마지막 명을 내리셨나이다!"

군졸이 흐느끼며 선왕의 유지를 전했다.

"국왕 전하! 전하, 흐흐흑……."

청예의 뒤를 따르던 무사들이 일제히 무릎을 꿇었다. 사내들의 통곡 소리가 황야의 하늘을 뒤흔들었다.

'아바마마께서 돌아가시다니, 완전한 패배로다.'

청예는 하늘이 무너지는 슬픔에 가슴이 찢기듯 고통스러웠다.

"한나라 관병이 오기 직전에, 선왕비마마와 뇌질 주일께서는 간신히 몸을 피해 말갈국 방향으로 내려가셨나이다."

어머니와 형님께서 무사하시다니 그나마 다행이었다. 청예는 고개를 들어 하늘을 바라보며 어금니를 꽉 물었다. 분하여 치를 떨었지만 남아 있는 예란성 기마병과 수군만으로 빼앗긴 예란성을 되찾기는 힘들다는 것을 잘 알고 있었다. 그러나 이대로 주저앉아 있을 순 없었다.

청예 일행은 쉼 없이 말을 달려 예란성이 내려다보이는 산등성마루에 도착했다. 예란성은 굳게 닫혀 있었고, 성루 곳곳에 관병들이 빈틈없이 서 있었다. 한나라 관병은 수만이 넘어 보였다. 높은 성루에 한나라 깃발이 휘날렸다. 무사들이 깊은 탄식과 함께 땅바닥에 주저앉았다. 한 무더기의 말라 오그라든 갈잎들이 바람결을 따라 허공으로 흩날렸다.

청예가 당도했다는 소식을 듣고 숨어 있던 예란성 신하들이 하나 둘 찾아왔다. 청예를 따르던 가신들이었다.

"선왕비마마께서 뇌질님께 새로운 땅을 찾아가 그곳에서 왕이 돼라 명하셨나이다. 그러면 후일 반드시 만날 것이라 하셨나이다."

신하들이 선왕비의 서찰과 함께 내놓은 것은 말과 족히 수백 근은 될 황금 그리고 단야족만의 비법으로 만든 강한 철 무기들이었다.

"저희는 뇌질님을 따를 것이옵니다. 말씀만 하옵소서."
또다시 신하들의 울음이 통곡으로 변했다.
"저희도 뇌질님을 따르겠나이다."
그 사이 성 밖에 유숙하고 있던 백성들이 몰려왔다. 미처 왕비와 뇌질 주일을 따라가지 못하고 남아 있던 백성들이었다.
청예는 당장 예란성으로 들어가 한나라 관병에 맞서 싸우고 싶었다. 그러나 자기마저 목숨을 잃게 되면 의지할 곳 없이 떠돌게 될 백성들을 생각하자 선뜻 전쟁을 일으킬 수도 없었다.
청예는 두 주먹을 불끈 쥔 채 굳은 듯 움직이지 않았다. 청예의 눈은 멀리 굽이치는 산맥들에 닿아 있었다.
마침내 청예는 왕비의 명대로 자신의 길을 가기로 결심했다.
'새로운 땅을 찾아 나라를 세우리라. 그 어느 나라에도 지지 않을 부강한 나라를 만들 것이다.'
"나는 반드시 선왕의 뜻을 받들어 우리 단야족을 일으킬 것이오!"
청예의 우렁찬 목소리가 드넓은 들판을 가로질러 멀리 흩어졌다. 한마음으로 환호하는 백성들에게서 희망이 물결처럼 일어났다.

청예는 자신을 따르는 유민들을 이끌고 남으로 이동했다. 여러 나라를 오가는 상인들에게서 남쪽으로 내려가면 따뜻하고 기름진 평야가 많다는 말을 들은 적이 있기 때문이었다. 험준한 산과 황야 사이로 난 가파른 길을 따라 고구려 변방을 지났다. 그 사이에 삶의 터전을 잃은 다른 유민들이 합류해 행렬은 더욱 길게 이어졌다. 유민들은 서로를 의지하며 한 걸음씩 앞으로 나아갔다.

한수를 지날 무렵 청예는 남쪽으로 이동하던 어머니가 그동안 앓고 있던 지병이 악화되어 돌아가셨다는 소식과 형 뇌질 주일이 동남쪽에 터전을 잡았다는 전갈을 받았다. 청예는 어머니의 죽음이 이리 빨리 올 줄은 몰랐다. 청예는 갑작스러운 어머니의 죽음을 애통해했다. 한 순이 지난 후 청예는 신하들의 간언과 떠돌이가 된 백성들을 생각하며 겨우 몸과 마음을 추슬렀다. 그리고 간소하게나마 제단을 세워 조상들에게 형님이 세운 새로운 나라를 축복해 줄 것을 기도했다. 청예는 다시 길을 재촉했다.

유민들과 함께 나아가는 길은 고단했다. 꼬박 일곱 달을 뜨거운 뙤약볕과 폭설과 비바람을 견디며 한없이 걸었건만 나라를 세울 만한 곳은 나타나지 않았다. 청예가 찾는 곳은 적의 공격을 막을 수 있는 산이 있고, 물이 풍부한 곳 그리고 농사를 지을 수 있는 들판이 있어야 했다. 또 바다가 가까워 청예가 거느린 수군이 제 구실을 할 수 있다면 더 좋았다.

병들고 지쳐 가는 유민들 때문에 초조해지던 어느 날이었다. 구름 한 점 없이 맑은 하늘 아래 유독 푸르른 산이 청예의 눈에 들어왔다. 청예는 온몸을 훑고 지나가는 전율을 느꼈다. 구릉처럼 나지막한 산은 범상치 않은 정기를 뿜어내고 있었다.

"멈춰라!"

청예는 산기슭 너른 평지에 이르러 행렬을 쉬게 한 후 산을 올라 주변을 둘러보았다. 높고 낮은 산들이 들판을 에워싸고 있었고, 벼가 자라는 들판을 바람이 한가롭게 일렁였다. 들판을 가로지르며 유유히 흐르던 강은 바다로 흘러들었다. 푸르게 빛나는 바다에 점점이 떠 있는 작은 고깃배들이 살가웠다.

"바로 이곳이로다."

청예가 다스리고자 하는 나라의 형상이었다.

'이곳에 새로운 왕국을 세우리라. 강하고 부강한 나라.'

청예는 기쁜 빛을 감추지 않았다.

문득 청예의 귀에 노랫가락이 바람에 실려 왔다. 소리를 따라 가니, 나무들 사이로 넓은 공간이 나왔고 그 중심에 커다란 바위가 있었다. 바위 위에는 소가 제물로 올려져 있었다. 제단이었다. 흰 옷을 입은 자들이 노래를 끝내고 제단 앞에 엎드려 절을 하였다.

"제의를 지내는 듯합니다."

호위무사가 목소리를 한껏 낮추어 말했다.

"그렇구나, 저들이 누구인지 이 땅엔 어떤 사람들이 사는지 알아보고 오너라."

명을 받은 호위무사가 산 아래로 먼저 내려갔다.

제를 지내는 자들의 수는 아홉이었다. 그들 중 맨 앞에서 제를 주관하는 자가 청예의 눈에 들어왔다. 저들의 힘을 끌어와야 한다. 청예의 눈동자가 빛났다.

잠시 후, 청예는 그들이 눈치 채지 못하도록 그 자리를 빠져나왔다.

"저 산은 개라봉(광명의 성지라는 뜻으로, 구지봉의 옛이름)이라고 합니다. 산 아래에 태양신을 섬기는 아홉 부족이 살고 있는데, 그 중에 아도간 족장의 부족이 가장 영향력이 있습니다."

호위무사가 고을에 내려가 알아온 정보였다.

청예는 신하들을 불러 모았다.

"이곳은 여뀌 잎사귀처럼 좁다랗고 길기는 하나 산천이 빼어나게 아름다워 신물이 늘 지켜 줄 것이고, 저기 개라봉에서 남쪽으로 뻗어 내리던 산줄기가 우뚝 솟았는가 하면 거기서 시작하여 세 번 그리고 이곳에 이르기까지 다시 세 번, 이리하여 모두 일곱 번을 솟아오른 형상이 능히 칠성이 살 만하오. 이곳에 터전을 열어 놓으면 훌륭한 나라가 될 것이오."

청예는 신하들의 밝은 얼굴에서 반대가 없으리라 짐작했다.

"소신들의 생각도 그러하옵니다."

신하들이 한목소리를 내며 깊숙이 허리를 굽혔다. 신하들은 어릴 때부터 보아온 청예, 그들의 지도자로 손색없이 자란 그 젊은이에게 무한한 경의를 보냈다.

"그러자면 이곳 족장들의 도움이 필요하오. 그들이 거절할 수 없는 것을 주어야만 우리를 받아들일 것이고 장차 이들을 다스릴 수 있을 것이오."

청예는 측근들과 회의를 거듭했다. 청예의 온몸은 열정으로 빛났다. 최선을 다하리라. 청예는 부족들과 다툼 없이 함께 어울려 살 방법을 찾을 것을 마음속으로 다짐했다.

"대수에 머물고 있는 중랑장에게 기별하라. 지금 곧바로 이동하여 저 앞바다에 수군을 배치하도록 전하라."

청예는 호위무사에게 명했다.

청예 일행이 자리한 벌판에 간혹 고을 사람들이 기웃거렸으나 별다른 마찰은 없었다. 드디어 개라봉 앞바다에 도착한 중랑장 을불이 수군을 배치하자, 청예는 아홉 부족장을 개라봉으로 불렀다.

족장들은 무사들을 따라 개라봉으로 올라왔다. 성스러운 개라봉, 자신들의 땅을 침입한 불청객에게 불만이 가득한 표정이었다. 그러나 개라봉 산기슭에 도착한 아홉 부족장은 깜짝 놀라 걸음을 멈추었다. 절벽 아래 내려다보이는 바다에는 못 보던 배들이 즐비했다. 눈을 돌리니 아직까지 한 번도 본 적이 없는 병사들이 햇살을 받아 번쩍이는 무기를 들고 늘어서 있었다. 기마병의 숫자는 수백, 이들은 철갑옷으로 몸체와 팔다리를 보호하도록 감쌌고 윤기 흐르는 말들도 투구를 쓰고 갑옷을 입고 있었다. 정예 기마병들이었다.

차락차락 소리와 함께 철갑옷을 입은 청예가 그들 앞으로 나섰다. 아홉 족장은 기마 부대와 늠름하고 젊은 청예의 모습을 보자 두려운 마음이 들어 어찌 할 바를 몰라 했다.

"우리는 멀리 북방에서 내려왔소이다. 우리를 그대들의 형제로 받아 주시오. 그리하면 나는 그대들에게 저 바다에 있는 수군으로 해적을 막아 줄 것이고, 기마 부대는 육지의 다른 부족들이 백성들의 곡식과 재물을 빼앗아가는 것을 두고 보지 않을 것이오. 그대들의 삶을 그 어느 때보다 안정되고 평화롭게 하겠소이다."

청예의 목소리는 힘차면서도 정중했다.

"우리 땅은 우리가 지킬 수 있소이다. 신성한 개라봉에 함부로 병사들을 배치하다니 무엄하오. 우리는 그동안 아량을 베풀어 그대들 스스로 가기를 기다리고 있었소이다만, 이제 그만 떠나 주시오!"

아도간 족장이었다. 예상대로였다. 아도간 족장은 오랜 세월 많은 일을 겪으며 부족들을 이끌어 왔을 것이다. 순순히 땅을 내놓지 않을 터. 청예는 아도간 족장 앞으로 천천히 다가갔다.

"그대의 칼로 나를 쳐 보시오."

신하들의 얼굴이 창백해졌다. 청예는 손을 들어 아무도 나서지 못하게 했다.

"어허, 그럴 수야……."

아도간 족장이 한걸음 뒤로 물러났다.

"괜찮소이다. 칼을 빼시오."

족장의 눈을 똑바로 바라보며 청예가 방어의 자세를 취했다. 잠시 망설이던 아도간 족장이 허리에 차고 있던 청동검에 손을 댔다. 사람들은 숨죽인 채 아도간 족장과 청예를 번갈아 보았다.

기합 소리와 함께 아도간 족장의 검이 청예의 방패를 향해 내려쳤다. 방패에 장식으로 붙어 있던 파형동기(바람개비 모양의 동 장식품)가 땅으로 떨어졌다. 사람들이 눈을 질끈 감았다. 청예의 가슴을 향해 두어 번 공격 기합을 넣던 아도간 족장이 신음 소리를 내며 청동검을 떨어뜨렸다. 아도간 족장의 청동검은 청예의 철갑옷을 뚫지 못했다. 청예는 빙긋 웃었다.

"그대들의 무기는 청동기인 것으로 아오이다. 또한 수시로 다른 나라의 침입이 있는데도 훈련받은 병사의 수가 적어 백성들이 안정된 생활을 못하고 있지 않소이까? 지금 상황이 계속된다면 머지않아 이곳은 다른 나라의 땅이 될 것이오. 아도간 족장! 우리는 그대들과 이 땅에 함께 살고자 하오. 그대의 청동검을 막아 낸 이 갑옷과 방패는 철로 만든 것이오. 우리에게는 철로 만든 무기와 배를 만드는 기술과 그리고 강력한 기마 정예부대가 있소이다. 아무도 우리를 얕보지 못할 것이오. 나를 믿고 함께 가지 않겠소이까?"

침묵이 흘렀다. 족장들이 침을 꿀꺽 삼켰다. 철로 만든 무기 그리고 기마 부대와 수군이 지키는 나라, 그런 나라라면 이웃 나라의 눈치를 보지 않고 백성들과 함께 평화롭게 살 수 있을 것이라고 생각했다.

청예는 그들의 눈빛에서 이미 자신을 받아들였다는 것을 알았다.

머리를 맞댄 족장들의 얼굴에 비장함이 감돌았다. 이윽고 족장들은 청예 앞에 몰려와 땅바닥에 엎드렸다.

"저희의 왕이 되어 주십시오."

뒤이어 내키지 않는 듯한 발걸음으로 다가온 아도간 족장이 말없이 청예 앞에 무릎을 꿇었다. 아도간 족장의 얼굴은 창백했다.

아홉 족장은 청예를 받아들였다. 청예는 전쟁 없이 아홉 부족을 통합했다.

건무 18년 임인년. 서력 42년 3월, 마침내 북방에서 내려온 뇌질 청예가 나라를 세웠다.

"이 나라를 대가락, 가야라 하고 나를 수로왕이라 칭하라. 해마다 오늘을 잊지 말고 기념할 것이니 자손만대에 전하라."

"수로왕 만세! 가야국 만세!"

수로왕의 선포로 새로운 나라, 대가락. 가야 백성들은 한마음이 되었다. 힘겨운 유랑 끝에 정착지를 찾은 유민들과 아홉 부족 백성들의 환호가 개라봉 하늘을 흔들었다.

수로왕은 오랜 옛날부터 가야 땅에 내려오던 방식대로 아홉 고을마다 족장들이 백성을 다스리게 했다.

"아도간, 여도간, 피도간, 오도간 족장은 무기를 잘 다루는 뛰어난 무장들이니 백성들을 보호하는 데 앞장서도록 하라. 유천간, 신천간, 오천간 족장은 하늘의 기상과 천기를 살피는 재주가 있으니 백성들의 마음을 헤아리도록 하라. 그리고 유수간 족장은 물을 잘 다스려 백성들이 농사를 짓는 데에 어려움이 없도록 노력하고, 신귀간 족장은 잡귀에 빠지기 쉬운 백성들의 마음을 잘 다독여 주도록 하라."

유민들과 부족들도 별 무리 없이 서로 어울려 지냈다. 수로왕이 걱정했던 것보다 화합이 잘되었다. 바라던 바였다.

세월은 빠르게 흘러갔다. 왕위에 오른 지 2년, 그때까지 수로왕은 백성들처럼 움집에서 생활했다. 아직 나라의 기반이 제대로 잡히지 않았고 백성들은 가난하고 고달픈 삶을 살았기 때문이었다.

'백성 위에 군림하는 왕은 되지 않으리라.'

수로왕은 신답평을 나라의 새로운 수도로 삼고, 짚지붕의 궁궐과 망루, 무기고와 창고를 지었다. 공사는 백성들의 생업을 곤란하지 않게 하려는 수로왕의 배려로 농사일이 없는 겨울철에 이루어졌다.

더 강한 나라, 부강한 가야로 만들어야 한다. 예란성처럼 다른 나라의 식민지가 되어서는 안 된다. 절대로 나라를 잃는 서러움을 가야 백성들에게 주지 않으리라. 젊은 수로왕의 거처는 밤늦도록 불이 켜져 있었다.

어느 날, 수로왕이 머리를 식히고자 사냥을 나갔을 때였다. 길을 잘못 들어 우거진 숲 속으로 접어들었는데 우연히 쇳덩이가 눈에 띄었다. 수로왕의 머리에 뭔가가 빠르게 스쳐 지나갔다. 예전에 남쪽 땅 어딘가에 쇠가 있다는 소문을 들은 적이 있었다.

'그 땅이 가야라면, 가야 땅에 야철지가 있다면.'

수로왕은 가슴이 두근거렸다. 궁으로 돌아온 수로왕은 아도간 족장을 불렀다.

"쇠가 있는 것은 사실이오나……."

아도간 족장이 머뭇거렸다.

"그럼 대규모 야철지를 알고 있단 말이오?"

"예, 불뫼골 등에 야철지가 있다고는 하옵니다만 쇠를 잘 다룰 줄 아는 야로가 없는지라 야철지에 대해 따로 조사한 바는 없나이다."

수로왕은 무릎을 쳤다.

"이렇게 반가울 수가! 하늘이 가야를 돕는구려."

한나라에서 비싼 값을 치르고 조금씩 들여와야 했던 쇠를 가야 땅에서 캘 수 있다니, 이것은 교역의 중심국이 될 수 있는 기회였다.

수로왕의 핏줄, 단야족은 쇠를 잘 다루는 종족이었다. 수로왕이 데려온 야로와 가야의 쇠가 합쳐진다면 이제 가야는 부강한 나라를 꿈꿀 수 있었다.

"그대가 직접 야철지를 찾아보시오. 그 다음 일은 내가 할 것이니."

수로왕이 침착하게 명을 내렸다. 그제야 사태를 짐작한 아도간 족장은 얼굴을 붉혔다. 오래도록 가야 땅을 다스려 왔던 아도간 족장이었지만 그것까지는 생각지도 못했던 일이었다.

아도간 족장이 움직인 지 이 순이 지났다. 마침내 기다리던 소식이 궁에 닿았다.

"대왕마마, 야철지가 가야 땅 곳곳에 있사옵니다."

수로왕의 측근들이 재빨리 움직였다.

수로왕의 직속 명령을 받은 쇠부리터에는 시뻘건 불길이 밤낮없이 이글거렸고, 쉴 새 없이 곁꾼들이 나루터를 드나들었다.

"가야의 쇠에 대해 함부로 말하지 못하게 하라."

수로왕은 첩자를 경계했다. 아도간 족장을 수장으로 하여 쇠부리터를 보호했다. 일반 백성들은 물론 족장이라 할지라도 허락받지 않은 자의 접근을 막았다. 쇠를 두드리는 야로들의 기술은 나날이 좋아졌다. 질 좋은 가야의 철에 대한 소문은 차츰 교역항을 중심으로 퍼지기 시작했다. 바다가 있는 가야 땅을 새로운 나라로 택한 수로왕의 눈은 정확했다. 교역항이 있는 가야의 입장은 그 어느 나라보다 유리했다. 주변국에서 서로 철을 사려고 가야의 바다로 배를 돌렸다. 바다에 목선이 즐비해지자, 수군은 눈을 부릅뜨고 가야를 지켰다.

나라가 안정되자 족장들은 젊은 대왕에게 왕후를 맞이하라고 권했다. 수로왕은 그때마다 핑계를 대며 혼인 문제를 피했다. 수로왕은 정치적 계산이 들어 있는 혼인은 하지 않으리라 생각했다.

'사랑하는 여인을 왕후로 맞으리라, 현명하고 강인한 여인을 배필로 삼을 것이다.'

그러나 왕후를 맞이하는 일은 족장들도 순순히 물러서지 않았다.

"아도간 족장님의 따님이 왕후로서 부족함이 없나이다."
"그리하소서. 대왕마마."
 결국 수로왕이 족장들의 강권에 마지못해 반승낙을 했다. 아직은 나라를 다스리는 데 아홉 구간의 도움이 필요했다.
"……알겠소이다. 생각해 보리다."
 족장들은 그제야 안도의 한숨을 내쉬었다.
 수로왕과 아도간 족장 딸의 혼인을 의심하는 가야인은 아무도 없었다.

4. 낯선 땅 낯선 사람들

"육지다! 육지야……."

용두(배의 돛대 꼭대기 부분)에 있던 뱃사람이 소리쳤다. 그 소리에 바닷새들이 푸륵 날아올랐다. 한 줄기 햇살이 구름 사이로 내비치자 눈앞이 환해졌다. 그토록 짙게 깔려 있던 안개가 순식간에 걷혔다. 구름 사이로 빛이 흔들렸다. 쌍무지개가 걸쳐진 끝자락에 육지가 있었다. 구릉처럼 낮은 산들이 정겨워 보이는 낯선 땅이었다. 얼마 만에 보는 육지란 말인가. 갑판에 나와 있던 사람들의 입이 저절로 벙긋거렸다.

그때 귀청을 찢는 소리와 함께 사람들이 바닥으로 나뒹굴었다. 배는 더 이상 움직이지 않았다. 암초였다.

"젠장, 육지를 코앞에 두고 배를 잃게 되었네."

"어서 서둘러! 짐이라도 건져야지."

뱃사람들이 암초에 올라앉은 배를 줄로 묶어 정박시켰다. 한쪽에서는 잉신들이 육지로 가기 위해 뗏목을 바다에 내렸다. 라뜨나는 잉신들을 따라 재빨리 뗏목으로 옮겨 탔다.

"공주, 낯선 곳이야. 조심해야 해!"

락슈마나가 막으려 했지만 라뜨나의 몸이 더 빨랐다.

"괜찮아요, 오라버니. 제가 새로운 땅에 가장 먼저 오를 거예요."

라뜨나는 방긋 웃으며 손을 흔들었다. 락슈마나가 할 수 없다는 듯 시녀들에게 눈짓을 했다. 시녀들은 작은 뗏목에 서둘러 올랐다.

어느새 라뜨나는 낯선 땅에 첫발을 내디뎠다. 부드러운 해안선을 따라 모래밭이 넓게 이어져 있었다. 그 모래밭을 아이들이 뛰어다녔다.

"애들아, 반갑다. 여기가 어디니?"

라뜨나가 아이들에게 말을 건넸다. 아이들은 낯설어하며 가까이 오지 않았으나 이제 겨우 걸음마를 시작한 듯한 아기가 한 걸음씩 라뜨나에게 다가왔다. 뒷머리가 튀어나오고 이마는 편평했지만 귀여운 아기였다.

근처 바위에 있던 아낙네가 비명을 지르며 달려와 아기를 품에 안았다. 눈에는 경계의 빛이 가득했다. 조금 떨어진 곳에서 배를 손질하던 사내가 아낙네의 비명을 듣고 모래밭으로 뛰어내렸다. 사내는 라뜨나에게 눈을 부라리며 아낙네와 아기를 감쌌다. 시녀들이 다가오자 사내는 아낙네에게서 아기를 받아 안았다. 사내의 검붉은 팔에 새겨진 문신이 몸의 움직임에 따라 꿈틀거렸다.

"어머나! 공주님, 저것 보셔요. 문신을 하는 사람들이 있다는 말은 들었지만 눈으로 보기는 처음입니다."

시녀의 말에 라뜨나는 살짝 고개를 끄덕였다. 사내와 눈이 마주쳤다.

"아기가 참 귀엽습니다."

라뜨나가 웃으며 말을 걸었으나 사내는 고개를 돌려 외면하고는 성큼성큼 걸어 버렸다. 아낙네도 라뜨나에게 눈을 떼지 않은 채 힐끔거리며 사내를 따라갔다.

무안해진 라뜨나는 바다로 눈길을 돌렸다. 육지에서 바라본 배의 모습은 처참했다. 뱃머리에 조각된 금박 입힌 쌍어 장식은 꼬리만 남기고 거의 떨어져 나가고 없었다. 붉은 돛을 매단 돛대는 금방이라도 부러질 것처럼 휘청거렸다. 붉은 돛은 바다의 신이 왕실 배를 지켜 줄 거라는 믿음의 상징이었다.

락슈마나의 지시에 따라 뱃사람들이 뗏목으로 싣고 온 물건을 육지에 막 내리기 시작할 때였다. 한 무리의 병사가 말을 몰고 나타났다. 그들 중 키가 크고 눈초리가 약간 처져 있는 건장한 사람이 소리쳤다.

"나는 유천간 족장이다. 어디서 오는 자들이냐?"

라뜨나 일행으로는 생전 처음 듣는 말이었다.

"저희는 한나라 상인입니다. 이곳이 어디입니까?"

하미드 박사가 앞으로 나섰다.

그러자 그들 중 통역관인 듯한 자가 건장한 사람에게 하미드 박사의 말을 옮겼다.

"대가락, 가야국이다."

건장한 사람이 근엄한 표정으로 말했다. 그의 머리장식은 특이했다. 두건에 사슴뿔 장식을 올려놓고 턱 밑으로 끈을 묶어 떨어지지 않도록 동여매고 있었다.

"대가락, 가야국이다."

통역관이 소리쳤다.

"한족치고는 인상들이 강하군."

유천간 족장이 혼잣말처럼 중얼거렸다. 유천간 족장은 살갗이 검고 눈이 부리부리한 낯선 사람들이 범상치 않다는 것을 한눈에 알아보았다. 무사들이 있었으나 상단이 칼잡이를 쓰는 일은 흔했다.

"예, 고향은 더 먼 바다 건너에 있습니다."

라뜨나는 유천간 족장의 말을 상냥하게 받았다. 어떤 술수를 부리거나 해코지할 게 아님을 드러내야 했다. 지금은 도움이 필요했다.

"족장님, 저희는 폭풍을 만나 이곳까지 오게 되었습니다."

락슈마나가 유천간 족장에게 정중하게 말했다. 그리고 한 나라에서 배운 인사법대로 허리를 깊이 숙였다. 그 모습이 어색했던지 유천간 족장의 얼굴에 얼핏 미소가 번졌다.

"가야는 배가 난파되어 들어온 사람들을 무조건 내치지는 않소이다. 무사들과 적지 않은 사람들이 있는 것으로 봐서 큰 상단인 것 같은데, 우선 대왕마마를 봬야 하오. 나를 따라오시오."

유천간 족장이 말머리를 돌리려 했다.

"족장님, 잠시 기다려 주십시오."

락슈마나가 하인들에게 가야의 왕한테 바칠 선물을 서둘러 준비시켰다.

라뜨나 일행이 궁궐에 도착했을 때, 수로왕은 다른 족장들과 담소를 나누고 있었다.

"대왕마마, 오늘 소신이 바닷가 돌섬에 올랐나이다. 안개가 너무 짙어 횃불을 밝혔는데 갑자기 안개가 걷히면서 쌍무지개가 떴습니다. 그때 붉은 돛을 단 배가 해안으로 다가왔사옵니다. 그 배에 타고 있던 이들이 가야에 머물기를 청하옵니다."

유천간 족장이 라뜨나 일행을 수로왕에게 소개했다.

"예를 갖추시오. 가야국 수로대왕이십니다."

"대왕마마, 저희는 본시 신독(인도의 옛 이름)에 있는 아유타라는 나라의 백성입니다. 한나라에서 상단을 이끌었사온데, 폭풍우로 인해 가야 땅을 밟게 되었나이다."

붉은 승려복의 락슈마나가 공손하게 말했다. 수로왕이 고개를 갸웃했다.

"고개를 들라."

수로왕과 락슈마나의 눈이 마주친 순간 두 사람은 소스라치게 놀랐다.

"허 대인!"

"아니, 별채에 머물렀던 손님 아니십니까?"

"어쩐지 눈에 익다 했소."

수로왕이 반가운 듯 고개를 흔들며 크게 웃었다. 락슈마나를 수로왕은 허 대인으로 알았다. 한나라에서는 락슈마나를 그렇게 불렀던 것이다.

락슈마나가 수로왕을 바라보며 정중하게 말했다.

"대왕마마, 저희는 더 이상 항해가 불가능하오니 이 나라에 머물게 해 주십시오."

수로왕이 알았다는 듯 더 이상 묻지 않고 고개를 끄덕였다. 수로왕과 라뜨나의 눈이 마주쳤다. 이를 본 락슈마나가 한 발 옆으로 비켜서며 말했다.

"대왕마마, 소승의 누이동생입니다. 한나라에서 만나셨지요?"

수로왕은 깜짝 놀랐다.

"아니, 그때는 어린 소녀였는데……. 아가씨, 나를 기억하시겠습니까?"

그것은 라뜨나가 묻고 싶은 말이었다. 소녀를 기억하시겠습니까, 라고. 라뜨나의 가슴이 처음 별채의 손님으로 만났을 때처럼 쿵쿵 소리를 내며 빠르게 뛰기 시작했다.

'별채의 손님은 짐작대로 고귀한 분이었어.'

라뜨나는 입술을 살짝 깨물었다.

"아가씨를 다른 곳에서 만났다면 몰라봤겠소이다. 하하하."

라뜨나를 바라보는 수로왕의 눈빛이 흔들렸다.

수로왕의 그런 모습을 지켜보는 날카로운 눈이 있었다. 아도간 족장이었다. 족장의 눈은 연방 라뜨나를 훑고 지나갔다. 라뜨나는 호의로 느낄 수 없는 눈빛을 읽었다. 오싹할 만큼 날이 서 있었다.

락슈마나가 손짓을 하자 하인들이 들어왔다. 금박 무늬가 화려한 청록 도자기와 수놓은 비단, 오색으로 빛나는 보석과 유리 그릇, 흰 담비 가죽 같은 진기한 이국 물건들이 수로왕 발아래에 놓였다. 수로왕과 함께 있던 족장들의 눈이 휘둥그레졌다.

"대왕마마, 배가 파손되어 물품이 많지 않습니다만 정성이오니 받아 주십시오."

"아니오, 허 대인. 그대들은 낯선 가야 생활이 힘들 것이오. 그러니 이것들을 유용하게 쓰도록 하오. 유천간 족장, 허 대인 일행에게 통역관과 거처할 집을 마련해 주고 난초 물과 혜초 술을 나눠 주도록 하시오."

"황공하옵니다. 너그러운 대왕마마의 은혜 잊지 않겠사옵니다."

락슈마나가 수로왕을 향해 깊숙이 허리를 굽혀 절했다.

유천간 족장이 라뜨나 일행을 궁궐의 서쪽 해반천과 맞닿은 바닷가로 데려갔다. 바닷가에서 조금 떨어진 산등성이를 오르자 나지막한 움집들이 보였다.

"원래 사신들이 묵어 가던 집이었소. 손을 봐 놓았으나 혹 마음에 들지 않으면 수리해 쓰도록 하시오. 이곳은 고을과 떨어져 있어 대규모 상단이 지내기는 좋을 것이오. 낯설겠지만 가야 백성들과도 잘 어울려 지내기를 바라오."

유천간 족장은 집을 안내해 주고는 곧 돌아갔다. 날이 어두워지고 있었다.

아유타인들의 새로운 거처인 다섯 채의 집은 옹기종기 붙어 있었다. 세 채는 땅을 파고 그 위에 볏짚이나 갈대로 이엉을 엮어 만든 움집이었다. 안은 생각보다 넓었다. 움집의 서쪽 방향에 있는 부뚜막에는 약간의 음식과 물이 마련되어 있었다. 다른 집 두 채는 땅 위에 기둥을 세우고 마루를 올린 후 흙과 갈잎으로 벽을 막고 짚가리로 지붕을 올린 다락집이었다. 위층은 사다리를 타고 올라가야 했다.

"가야인들은 캉(온돌의 옛말)이라 하여 바닥에 앉아 생활한다 하옵니다."

시녀장 아므리타가 통역관의 말을 전했다.

라뜨나는 ㄱ자 모양의 침상 바닥을 손으로 만져 보았다. 따뜻했다.

낯선 땅에서의 첫날 밤, 라뜨나는 밖으로 나와 어둠이 내려앉은 산을 바라보았다. 산등성이 위로 달과 별들이 빛났다.

"어쩌면 별들이 저리 많을까."

라뜨나는 자신도 모르게 입 밖으로 소리를 내어 중얼거렸다. 라뜨나의 두 눈에 별이 가득 담겼다.

'예전처럼 아유타 궁궐에서 별을 볼 수 있다면······.'

고향은 늘 그리운 마음으로 달려가는 곳이었다. 새삼스럽게 서러움이 북받쳐 올라왔다. 아유타 공주가 세상을 떠돌게 되다니. 언제까지 이렇게 살아야 하는 건가. 억울했고 슬펐다. 라뜨나는 눈물을 흘리지 않으려고 눈을 깜박였다. 별들도 깜박거렸다.

라뜨나 일행이 가야에서 맞은 첫 밤은 무사히 지났다. 날이 밝자, 라뜨나는 두 팔을 활짝 펴고 가야의 공기를 마음껏 들이마셨다.

'얼마가 될지는 모르나 이제부터 우리가 머물러야 할 나라구나.'

가야는 라뜨나에게 낯선 땅이었지만, 강과 바다 위로 안개가 자욱하게 피어오르는 것을 보자 고향 아유타의 그것처럼 신비롭게 느껴졌다.

별안간 한 생각이 라뜨나의 머리를 스쳐 지나갔다. 라뜨나가 락슈마나를 찾았다.

"오라버니, 우리가 머물러야 하는 가야 땅의 신께 예를 드려야겠습니다. 한나라에 도착했을 때는 정신이 없어 땅의 신께 미처 예를 갖추지 못했습니다."

"그렇구나. 지금이라도 예를 올리도록 하자."

락슈마나는 라뜨나 뒤에 서 있는 아므리타에게 눈길을 보냈다.

"예, 소신이 제 지낼 준비를 하겠나이다."

아므리타가 비단을 땅 위에 조심스럽게 내려놓았다. 아유타를 떠날 때 왕비가 마련해 준 붉은 비단이었다. 잉신들이 석탑을 재단 옆으로 옮겼다. 라뜨나는 정갈한 옷으로 갈아입고 제단 앞에 섰다.

"가야를 다스리시는 신이시여! 저희는 바다 건너 아유타 사람들입니다. 천신의 이끄심으로 이 가야에 들어왔습니다. 더 이상 다른 곳으로 떠돌지 않고 고향으로 돌아갈 때까지 이 땅에 머물 수 있도록 도와주소서. 간절히 청합니다. 산신이시여, 붉은 비단 재물을 바치오니 저희를 받아 주소서."

라뜨나는 제단에 오래도록 엎드려 있었다. 라뜨나의 얼굴에 땀인지 눈물인지 모를 물방울이 자꾸 흘러 목을 타고 내려갔다.

"그만 일어나거라, 공주."

락슈마나가 라뜨나 곁으로 다가와 나지막하게 속삭였다.

라뜨나가 제단에서 물러나자, 잉신들이 차례로 예를 올렸다. 그 모습을 지켜보던 라뜨나는 부모님 생각이 더욱 간절해졌다.

"한시바삐 가야 말을 익혀야겠지만 당분간은 한나라 말을 사용해야겠소. 한나라 언어를 아는 자들은 더러 있으니 의사소통은 될 것이오. 그리고 우리 얼굴이 이 나라 사람들과 달라 힘들 수 있소. 지금까지 잘해 왔지만 더 열심히 살아야 하오. 그리고 어디서든 우리 아유타를 잊어서는 안 될 것이오."

락슈마나의 목소리는 우렁찼다. 락슈마나는 사람들을 끌어들이는 힘이 있었다. 그 힘은 어떤 경우에도 희망을 잃지 않는 데서 나왔다.

"어찌 아유타를 잊겠습니까. 아유타를 위해 힘을 낼 것입니다."

가장 존경을 받는 잉신 하미드 박사가 대답했다.

"옳습니다. 소신들은 아유타를 잊지 않습니다."

모두들 눈시울이 붉어졌다.

라뜨나가 눈을 돌려 샛노란 까치놀 하늘을 바라다보았다. 무엇을 어떻게 해야 할지 어리둥절하기만 한 낯선 땅에서의 또 하루가 흘러갔다.

다음 날, 날이 환하게 밝았을 때 아유타 사람들의 집 주위에 창을 든 병사들이 늘어섰다. 아도간 족장이 말을 탄 채 다가왔다. 통역관이 목소리를 높였다.

"이방인들은 들어라. 오늘부터 그대들의 집 앞을 병사들에게 지키라 하겠다."

락슈마나가 고개를 들고 아도간 족장을 똑바로 바라보았다.

"그럴 필요는 없습니다. 무술은 저희도 익힌 자가 있고, 또 폐를 끼치고 싶지 않습니다."

아도간 족장이 콧방귀를 뀌었다.

"흥, 기특한 생각이다만 너희들을 믿을 수 없다. 대왕께서 너희와 아는 사이라 하여 특혜 받을 생각은 하지 마라. 가야 백성들과 구별할 수 있는 표식을 하여라. 그렇지, 너희가 타고 온 배에 달려 있던 붉은 깃발을 내걸어라."

"예, 그리하겠습니다."

락슈마나가 공손하게 대답했다. 하지만 락슈마나의 얼굴은 서릿발처럼 차가웠다.

아도간 족장은 치켜든 눈썹을 꿈틀거리며 거만한 태도로 말머리를 돌렸다.

"깃발을 달라니, 죄인 취급을 하는군!"

"이럴 거면 차라리 내쫓지. 가야 사람들과 어울려 지내라고 해 놓고 차별을 해?"

잉신들은 병사들이 흙먼지를 일으킨 길바닥에 침을 뱉으며 불편한 마음을 나타냈다.

그때 한 잉신이 손을 들어 언덕을 가리켰다.

"저기를 보옵소서. 대왕마마 아니시옵니까?"

언덕 위에 흑마를 탄 수로왕이 있었다. 아도간 족장이 그 앞에 고개를 숙이는 듯했다.

"대왕께서 군사를 거두라 하실 겁니다."

잉신 하누만이 락슈마나에게 말했다. 그러나 락슈마나는 고개를 흔들었다.

"아니야, 아도간 족장이 우리를 보호하기 위해서라고 말한다면 수로왕께서도 어찌지 못할 것이다."

울타리에 매단 붉은 깃발이 바람에 펄럭였다.

5. 고향 소식

 사흘 째 되는 날, 아도간 족장의 병사들이 말없이 움집을 떠났다.
 라뜨나는 궁궐에서 본 아도간 족장의 매서운 눈길을 떠올렸다. 득과 실의 관계도 아닌데 이방인을 무조건 배척하는 자인가, 아니면 우리가 알지 못하는 무엇이 있는 것일까. 그 이유가 무엇이든 간에 가야 땅에서 살아가려면 아도간 족장의 눈밖에 벗어나면 안 되는 것은 분명했다.
 "오라버니, 조심하면 될 것입니다. 우리가 가야 사람들에게 도움을 준다면 아도간 족장도 경계하지 않을 거예요. 족장보다 신경 써야 할 것은 가야 사람들과 친해지는 거예요. 어디를 가든 웃는 얼굴로 사람들을 대하는 게 좋겠어요. 웃는 얼굴에 화내는 사람은 없으니까요."

라뜨나는 락슈마나와 잉신들을 향해 방싯 웃었다.

그러나 잉신들의 끊임없는 노력에도 불구하고 가야 사람들은 아유타 사람들을 만나면 피하거나 걸음을 빨리해 그 자리를 벗어나려 했다. 가야에서의 생활은 점점 힘들어졌다.

"교역이 많은 나라라 이방인에 대해 거부감이 없을 줄 알았는데…… 일을 도우려 할 때 더 사납게 노려보는 걸 보면, 우리가 자신들의 일을 빼앗으려 한다고 오해하는 것은 아닌지 모르겠구나."

락슈마나가 고개를 흔들며 말했다. 불안한 마음들이 방 안을 맴돌았다.

"그럴 수도 있지만, 생김새도 다르고 말을 알아듣지 못하니 경계를 하는 것은 당연합니다. 상인들과 달리 일반 백성들은 이방인과의 접촉이 많지 않으니까요. 조급하게 생각하지 말고 한나라 때처럼, 그보다 더 열심히 가야 말을 익혀야 합니다. 가야의 언어는 말과 말 사이의 굴곡이 심하고 드러난 말의 내면에 숨은 뜻이 많습니다. 통역관을 더 구해 올 테니 가야 말을 자연스럽게 주고받을 수 있도록 더 노력합시다."

하미드 박사가 잉신들을 다독였다.

"물론이오. 박사의 말이 맞소이다. 아울러 지금 우리에게 필요한 자금을 구하려면 상단을 꾸리는 것이 가장 좋은 방법인데, 저자에 나가서 가야 상단의 상황을 자세히 알아보는 것은 어떻겠소? 족장들과 함께 있던 통역관을 데려오는 것도 괜찮을 듯한데, 좋은 생각이 있으면 말해 보시오."

락슈마나가 신뢰의 눈으로 하미드 박사를 바라보았다.

"그 통역관은 염사치 상단에서 일하는 자이온데 여간 거만한 게 아닙니다. 그리고 염사치 상단을 거치지 않고는 교역을 할 수 없다는 소문입니다……."

하미드 박사가 말끝을 흐렸다.

"으흠, 염사치라……. 우리에게는 배가 난파되는 바람에 화천(한나라 화폐)이 약간 있을 뿐 재물이 그리 넉넉하지 못하니 참으로 난감하구나."

락슈마나의 얼굴도 어두워졌다.

"왕자님, 내키지는 않지만 지금으로서는 염사치 상단에 들어가는 것도 한 방법입니다."

하미드 박사의 말에 잉신들 반응은 찬반으로 나뉘었다. 하지만 대체로 고개를 끄덕였다.

"그래, 이곳 사정을 상단만큼 빨리 배울 수 있는 곳도 없지. 박사의 말이 옳소이다."

락슈마나가 흔쾌히 찬성했다. 역시 하미드 박사는 사태 파악과 문제 해결 능력이 빨랐다.

"그럼 오라버니께서 염사치를 만나 보세요."

라뜨나의 말에 락슈마나가 고개를 끄덕이며 자리에서 일어났다. 하미드, 하누만 박사 형제가 그 뒤를 따랐다.

"우리도 나갑시다. 할 일을 찾아봅시다."

남아 있던 잉신들도 일어나 밖으로 나갔다.

라뜨나는 한나라에서처럼 처음부터 시작해 보리라 다짐하며 마음을 강하게 다잡았다.

"가야 여인의 옷을 가져오너라."

라뜨나의 명에 곁에 있던 아므리타가 손을 내저었다.

"공주님까지 나가실 필요 있겠습니까?"

"아니야. 모든 것이 넉넉하지 않는데 힘을 합쳐야지."

아므리타의 눈짓에 옆에 있던 시녀가 저고리와 치마를 내왔다. 가슴께가 타원형으로 깊게 팬 저고리와 좁은 옷소매가 독특했다. 라뜨나는 붉은 바지 위에 입고 있던 긴 사리를 벗고 가야 여인의 옷으로 갈아입었다.

"공주님, 가야 의복이 잘 어울리십니다."

아므리타가 라뜨나의 옷매무새를 단정하게 간추려 주었다.

길은 한산했다. 밤사이 내린 비 탓인지 하늘은 높았고 코끝에 닿는 공기가 상쾌했다. 멀리서 들려오는 농부들의 노랫가락이 귀에 익숙했다.

"저건 우리 아유타 가락과 비슷하옵니다."

아므리타가 걸음을 멈추고 귀를 기울였다. 가야의 노동요는 흥겨웠다. 라뜨나는 이곳이 낯선 땅이라는 사실을 잠시 잊었다.

어느새 고을 한가운데로 들어섰다. 아이들이 느티나무 아래에 모여 가맥질이나 망치기, 말놀음질을 하며 놀고 있었다. 라뜨나는 까르르 웃는 아이들의 소리가 듣기 좋았다.

길모퉁이를 돌자, 거적문을 활짝 열어 놓은 집이 눈에 띄었다. 라뜨나는 고개를 기울여 움집 안을 들여다보았다. 허리가 굽은 노파가 실을 잣고 있었다.

"공주님, 가야 사람들 솜씨가……."

아므리타는 하던 말을 끊었다. 오가는 이들의 눈길을 느꼈기 때문이었다. 짐을 진 사내가 손에 든 작대기로 라뜨나의 옷자락을 툭 건드리며 지나갔다. 라뜨나는 화들짝 놀라 치마를 움켜쥐었다.

"아니, 저런 무례한 사람이 있나! 공주님, 괜찮사옵니까?"

아므리타가 라뜨나를 감싸안으려는 듯 두 팔을 벌렸다.

"염려 마라. 이깟 것에 기죽을 내가 아니다. 생김새가 저들과 다르니 눈에 띄나 보다."

라뜨나가 씩씩하게 발걸음을 옮겼다.

어디선가 북과 방울 소리가 요란하게 들렸다. 사람들이 움집 앞에 모여 있었다. 여느 움집과 달랐다. 움집 입구에 커다란 돌이 있었는데 그 위에 쇠꼬챙이와 짐승 뼈가 흩어져 있었다.

라뜨나와 아므리타는 사람들 틈을 비집고 들어갔다. 마당에 깔린 멍석 위에 젊은 아낙네가 어린아이를 보듬고 앉아 울고 있었다. 아이는 눈을 뜨지도 못한 채 축 늘어져 있었다. 색색의 천을 몸에 두른 무녀가 알아들을 수 없는 말을 중얼거리면서 그 둘레를 빙빙 돌았다.

라뜨나가 고개를 돌려 아므리타에게 속삭였다.

"아므리타, 한나라에 있을 때 저런 아이를 많이 보았어."

"예, 아이 모습을 보니 급체인 듯합니다. 하오나 나서시면 아니됩니다."

아므리타는 손을 내저으며 라뜨나의 앞을 가로막았다.

무녀가 아이의 몸에 차가운 물을 뿌리기 시작했다. 아이가 몸을 심하게 떨었다. 라뜨나는 저러다가 아이에게 해가 되는 일이 일어나지 않을까 걱정됐다. 시료할 수 있는 일인데 그냥 지나쳐 아이가 잘못되기라도 한다면 나중에 후회할 것 같았다.

"잠깐만 기다리세요!"

사람들의 눈이 라뜨나에게 집중되었다. 아므리타가 짧게 한숨을 내쉬었다.

"그래서는 낫지 않아요. 저희가 이 아이의 병을 고쳐 보겠습니다."

라뜨나가 자신 있게 아이 엄마를 바라보았다. 사람들은 라뜨나의 말을 알아듣지 못하고 서로 얼굴을 바라보며 고개를 갸웃거렸다.

무녀가 두 손을 허리에 얹은 채 눈을 부라렸다. 험악해지는 분위기였다.

"신령님이 노하시게 어디서 잡귀가 들어오느냐!"

무녀의 말을 알아듣지 못한 라뜨나는 아이에게 다가가 아이의 배를 쓰다듬었다.

"살려 주세요. 우리 아이를 제발 살려 주세요."

아이 엄마의 눈빛이, 몸짓이 말했다.

아므리타가 허리에서 작은 주머니를 꺼내들었다. 한나라에서 라뜨나의 명으로 침술을 익힌 다음부터 늘 가지고 다니는 침술 주머니였다. 아므리타는 익숙한 솜씨로 아이를 이곳저곳 주무르더니 시료하기 시작했다.

무녀가 라뜨나에게 눈을 흘기며 방울을 요란하게 흔들었다.

"신이 노하신다. 잡귀들 때문에 아이는 죽을 것이다."

라뜨나는 무녀의 말을 알아들을 수도 없었지만 대꾸할 시간도 없었다. 지금은 아이를 고치는 일이 우선이었다. 라뜨나와 아므리타는 시술에 집중했다. 숨을 죽인 채 바라보는 사람들의 눈길과 아이 엄마의 간절한 마음이 느껴져 침을 놓는 동안 온몸에 땀이 흘렀다. 만약 아이가 깨어나지 않으면 어떤 일이 벌어질지 몰랐다. 마침내 침놓기가 끝났다.

"마실 물을 좀 떠다 주세요."

라뜨나의 손짓을 알아들은 아이 엄마가 얼른 바가지에 물을 떠 왔다. 라뜨나가 물을 아이의 입에 흘려 넣었다. 아므리타가 아이의 손발을 주무르기 시작했다.

얼마의 시간이 흐른 뒤, 아이가 거짓말처럼 머루 같은 눈을 반짝 떴다. 라뜨나는 아이를 엄마에게 돌려주었다. 아이 엄마가 눈물을 흘리며 아이를 꼭 끌어안았다.

"고맙습니다. 정말 고맙습니다."

아이 엄마는 연방 허리를 굽히며 인사를 했다. 주변에 있던 사람들이 놀란 얼굴로 수군거렸다. 뒤편에 서 있던 한 남자와 라뜨나의 눈이 마주쳤다. 남자는 훌쩍 말에 올라타더니 궁궐 쪽으로 달려갔다. 궁에서 본 내관이었다. 바람에 날린 은빛 허리띠가 햇살을 받아 반짝거렸다. 아므리타가 라뜨나의 소매를 잡아끌었다.

라뜨나는 아이의 머리를 한 번 쓰다듬어 주고는 그 자리를 떠났다. 무녀의 높은 목소리가 등 뒤로 들려왔고, 사람들은 두려움과 호기심 어린 표정으로 길을 비켜 주었다.

"공주님, 괜한 일을 하여 고을 무녀에게 미움을 산 것 같습니다."

아므리타가 한숨을 내쉬었다. 지금은 가야 사람들에게 인심을 얻어야 하는데 무녀가 하는 일을 중간에서 가로챘으니 아무래도 탈은 탈이었다.

"아이가 나았으니 잘된 일이야."

라뜨나도 흘겨보던 무녀의 눈빛이 마음에 걸렸지만 애써 고개를 흔들었다.

저녁 무렵 염사치 상단에 갔던 락슈마나와 하미드 박사가 돌아왔다. 뜻밖에도 하미드 박사 곁에는 산제이가 있었다.

"산제이!"

라뜨나가 튕기듯 자리에서 일어났다.

"죽을 죄를 지었나이다. 공주님!"

산제이는 바닥에 넙죽 엎드렸다.

"우리를 찾아 헤매다 바달라 대인에게 도움을 청했답니다. 한나라에서 가야로 돌아오는 염사치 상단의 호위무사로 왔습니다."

하미드 박사가 산제이 대신 설명했다.

"도대체 어떻게 된 일이냐?"

이제껏 살았는지 죽었는지 소식조차 없었던 산제이였다. 라뜨나는 야속한 마음에 원망하고 미워했지만 산제이 생각이 늘 머리에서 떠나지 않았다.

"공주님, 소신은 무기 밀매자인 칼잡이가 한나라 관원을 피할 수 있게 도와야 했습니다. 만약 관원에게 잡힌다면 바달라 대인도 위험했을 것입니다. 그리고 철기 밀거래를 직접 나섰던 소신 역시 관군을 피해야 했습니다. 관에 잡힌 폭도 중 밀거래자가 소신 얼굴을 알고 있었으니까요. 소신으로서는 그 방법밖에 없었나이다. 공주님께 모든 일을 설명하기에는 시간이 없었습니다. 공주님, 용서해 주옵소서."

라뜨나의 마음이 어느덧 스르르 풀어졌다. 사실은 벌써 오래 전에 라뜨나는 산제이를 용서했다. 자세한 내막은 몰랐으나 한나라를 떠날 때 봤던 바달라의 서찰로 미루어 아유타로 보내는 철기 때문에 산제이가 그러했으리라 짐작했다. 무엇보다 한나라 저잣거리에서의 일은 경솔했던 라뜨나의 잘못이 컸다. 그리고 산제이는 라뜨나의 호위무사이기 전에 스승이자 친구였다. 활쏘기와 말타기, 검술까지 모든 것을 산제이에게 배웠다.

옆에서 말없이 염주를 굴리던 락슈마나가 천천히 일어났다.

"공주가 밀거래 일까지 소상히 알 필요가 없을 것 같아 말하지 않았다. 산제이는 아유타를 위해 일한 것이야."

락슈마나가 산제이를 일으켜 세우며 어깨를 토닥였다. 산제이는 기운을 차린 듯 예전처럼 우렁한 목소리로 그동안의 일을 자세히 털어놓았다.

"공주님께서 떠난 걸 안 후, 소신은 관군을 피해 아유타로 다시 들어갔습니다. 지금 아유타는 무척 심각합니다. 협상은 자꾸 깨지고, 국경은 충돌이 끊이지 않아 오히려 더 큰 전쟁의 위험에 빠지고 있습니다. 전면전 말입니다."

"그게 무슨 소리야? 월지족과 사이가 더 나빠졌단 말이야?"

라뜨나는 깜짝 놀라 소리쳤다.

"월지족은, 공주님과의 혼인은 핑계일 뿐 계속 전쟁할 구실을 찾고 있었습니다. 국왕께서 공주님께서 절대 돌아오시면 안 된다고 하셨습니다. 지금처럼 후방에서 도우시기를 명하셨습니다. 무장인 소신에게는 아유타에 머물며 전쟁터에 나가 싸우라 하실 줄 알았는데……."

산제이가 불만이 가득한 표정으로 투덜거렸다.

"산제이, 국왕의 말씀대로 해야 하오. 우리가 힘을 합쳐 나라 안팎에서 싸운다면 반드시 월지족을 이길 수 있을 것이오."

하미드 박사가 산제이를 보며 차분하게 말했다. 락슈마나가 씁쓸하게 웃었다. 아유타를 드나들었던 락슈마나와 하미드 박사는 알고 있었던 것이다. 아유타에 쉽사리 평화가 찾아오지 않으리라는 것을. 라뜨나는 온몸에 힘이 빠졌다.

"산제이는 서운해 마라. 그리고 모두 들으시오. 우리는 아유타 국왕의 명을 따르고 사랑하는 나라를 위해 살아가야 하오. 후방에서 지원하는 우리의 역할이 참으로 중요하오. 지금이야말로 아유타는 우리의 손길이 절실하게 필요할 때! 우리가 하는 일은 그 어느 것으로도 대신할 수 없는 것이니 모두 자부심을 가지시오."

락슈마나가 힘이 들어간 목소리로 위엄 있게 말했다. 그러나 잉신들의 얼굴은 일그러졌다. 아직도 전쟁이라니, 어쩌면 영영 아유타로 돌아갈 수 없을지 모른다. 모두들 평화협정이 이루어져 곧 아유타로 돌아가리라는 희망으로 견뎠는데, 오히려 고향은 더 큰 전쟁의 소용돌이에 휩싸여 있다니, 허탈했고 뭐라고 말할 수 없는 착잡한 마음이었다.

'아유타는 언제까지 월지족에게 시달려야 한단 말인가.'

라뜨나와 락슈마나의 눈이 허공에서 맞부딪쳤다. 락슈마나는 깊게 고개를 끄덕였고 라뜨나의 눈동자에 물빛이 반짝였다.

라뜨나는 락슈마나가 말하고 싶은 것이 무엇인지, 또 자신이 무엇을 해야 할지 알았다. 아유타 국왕이 부를 때까지 이 나라 이 땅에서 살아가야 하는, 가야의 백성이 되어야 한다. 오라버니와 나는 우리를 따르는 잉신들을 지켜야 한다.

"오라버니 말씀이 옳으세요. 국왕께서 부르실 때까지 우리는 앞으로도 고향을 위해 열심히 일해야 합니다. 그리고 아유타가 하루빨리 전쟁의 고통에서 벗어나기를 빌어야 해요."

눈물을 삼키는 라뜨나는 몸이 떨리고 목소리가 갈라졌다. 하지만 천천히 한마디 한마디에 힘을 주었다. 마치 자신에게 다짐하듯이.

느닷없는 소나기가 후두둑 짚을 때리는 소리가 들렸다. 흩뿌려지는 빗줄기를 따라 마당에 흙먼지가 일었다.

6. 인연

 붉은 깃발의 움집은 돌아온 산제이로 인해 활기가 돌았다. 산제이가 염사치 상단에서 일했던 경험은 아유타인들에게 많은 도움이 되었다.

 "가야에 있는 상단은 모조리 염사치 아래에 들어가 있습니다. 염사치 상단을 견제할 만한 상단이 없고 족장들과의 관계, 특히 아도간 족장과 남다르다 하옵니다. 하여 아무도 염사치 상단을 건드릴 수가 없다 합니다."

 "하지만 산제이, 이런 불합리한 교역 시장을 수로왕께서 모르실까?"

 락슈마나는 냉철하고 명민한 수로왕이 묵묵히 보고만 있는 것을 이해할 수 없었다.

 "아도간 족장도 관련된 일이라면 알고 계신다 해도 견제가 쉽지 않을 겁니다. 그리고 짐작이기는 합니다만, 아무래도 염사치는 해적들과도 내통하는 것 같사옵니다."

"그럴 만한 근거가 있느냐?"

락슈마나의 말에 산제이가 우렁우렁한 목소리를 한껏 낮추어 대답했다.

"배에서 들은 건데, 염사치 허락 없이 바닷길에 나섰다가 해적에게 죽임을 당했다는 장사치가 수두룩하답니다. 소신도 해적선이 염사치 상단 배인 것을 확인하고는 그냥 가는 걸 직접 보았습니다."

락슈마나는 허공을 바라보며 헛웃음을 터뜨렸다.

"독점에 해적이라, 대단한 사람이구나. 바닷길도 험한데 해적까지 심어 놓았다면……."

락슈마나의 가슴속에 불안이 뭉게뭉게 피어올랐다. 항상 그렇듯 이럴 때일수록 틈을 찾아야 한다. 교역을 시작할 수만 있다면 염사치에 대응할 방법은 있을 것이다. 수로왕을 만날 수 있으면 좋으련만, 왕이 부르지 않는 이상 궁에 들어갈 명분도 없을뿐더러 다시 만난다 한들 수로왕이 손을 잡아 줄지 알 수 없는 일이었다. 그러나 해적과의 내통이라, 그것은 유리한 정보였다.

"오라버니, 우리에게는 솜씨 좋은 일꾼이 많잖아요. 배를 수리해 교역에 나서면 될 거예요."

라뜨나의 말투는 무엇이 걱정이냐는 듯 느긋했다.

"공주님, 지금 우리 배는 파손이 심해 수리가 되어도 먼 바다로는 나갈 수 없습니다. 염사치 상단에 대한 평판이 소신이 생각했던 것보다 더 나쁩니다. 더구나 우리는 이방인이라 모든 조건에 불리한지라 염사치와 하려던 거래는 다시 생각해 봐야 할 듯합니다."

하미드 박사가 그답지 않게 냉소 어린 목소리로 대답했다. 락슈마나는 하미드 박사의 마음을 알았다. 현실을 보지 못하는 희망은 더 큰 실망을 가져 올 것이기 때문이었다. 신중하고 경험이 많은 하미드 박사의 의견은 항상 옳았다. 하지만 달리 방법이 없었다.

"박사, 무슨 일이든 부딪쳐야 살길이 생기지 않겠소이까?"

하미드 박사가 생각에 잠긴 듯 말이 없었다. 대신 산제이가 기운차게 대답했다.

"예, 이대로 있을 수는 없습니다. 저희가 다시 염사치를 만나겠습니다."

락슈마나는 고개를 끄덕였다.

다음 날 오후, 염사치 상단에 갔던 산제이와 잉신들이 돌아왔다. 산제이는 라뜨나와 락슈마나를 보자마자 분통을 터뜨렸다.

"겨우 삼을 남기고 나머지 이문은 염사치 상단에 넘기겠다고 하고서야 부여 교역을 허락받았습니다. 알고는 있었지만 속상해서 원, 이렇게까지 해야 합니까?"

"어쩔 수 없잖아. 지금은 어떻게 해서든지 살아남아야 해."

라뜨나가 담담하게 말했다.

'이제 라뜨나도 상황을 읽는 눈이 제법이구나.'

락슈마나는 라뜨나를 지켜보았다.

락슈마나는 잉신들 앞에서의 행동은 침착했으나 불안해하는 라뜨나의 마음을 읽었다. 락슈마나는 문득 어린 시절이 생각났다.

전쟁으로 부모를 잃고 홀로 큰아버지가 있는 아유타 궁을 찾았을 때 락슈마나는 세상이 무섭고 두려웠다. 큰아버지의 양자로, 아유타의 왕자로 부족함이 없었지만 오랜 시간 동안 모든 것이 사라져 버린 충격에서 헤어나지 못했다. 그 시절, 왕족 어른들보다 어린 라뜨나의 천진난만한 웃음과 행동들이 락슈마나에게 위로가 되었고 살아갈 수 있는 힘을 주었다. 락슈마나는 라뜨나를 자신의 몸보다 아끼고 사랑하며 지켜 주리라고 다시 한 번 다짐했다.

다음 날 염사치 상단으로 잉신들이 일하러 가고 난 후였다. 수로왕이 라뜨나와 락슈마나 그리고 산제이를 찾는다는 전갈이 왔다. 라뜨나는 수로왕을 만나러 가는 것이 기뻤다.

궁의 담은 목책이었다. 지붕은 이엉이었고 넓은 마당의 흙 계단들은 석 자를 넘지 않았다. 라뜨나는 제대로 살펴보지 못했던 궁을 천천히 둘러 보았다. 궁 안으로 나아가자 새 짚 향이 코끝을 스쳤다. 내관이 별궁 내실로 안내했다. 그곳 또한 간소했다. 벽에는 해와 달의 기상이 느껴지는 두어 폭의 족자가 걸려 있었고 둥근 탁자와 의자들이 놓여 있었다. 문이 열리며 칼을 찬 무사가 성큼성큼 걸어왔다. 수로왕과 함께 별채에 머물렀던 무사 을불이었다.

"잘 지내셨소이까? 이렇게 다시 만나게 되다니 참으로 세상은 좁소이다그려."

을불 장군이 산제이를 와락 끌어안았다. 무사로서 함께 험한 시간들을 보낸 터라 감회가 남달랐으리라. 을불 장군은 곧이어 락슈마나와 손을 잡았고 라뜨나에게 눈인사를 한 다음 고개를 숙였다.

을불 장군이 안내한 내실에, 자색 두건을 쓰고 푸른 비단 옷을 입은 수로왕이 있었다.

"다들 이리 앉으시오. 한나라에 있을 때 그대들 도움을 많이 받았는데, 을불과 함께 지난 이야기라도 나누고자 불렀소이다."

수로왕이 자리에 앉기를 권했다. 머리를 길게 늘어뜨린 수로왕은 한나라에서 만났을 때보다 강인했고 군왕으로서의 위용이 흘렀다.

라뜨나가 살며시 가슴에 손을 올렸다. 그러고는 수로왕의 윗옷에 꽂혀 있는 장신구에 눈길을 보냈다. 라뜨나를 바라보는 수로왕의 눈빛도 남다르게 느껴질 만큼 다정다감했다.

"지금은 웃으며 이야기하지만 그때는 암울한 시기였소이다. 한나라 관청의 수탈이 극에 달해 폭동으로 이어졌을 때, 을불 장군이 나를 구하려다 화살에 맞았소. 급히 해야 할 일을 처리하다 보니 시료 시기를 놓치고 말았지요. 바달라 대인 집인 줄 알고 아가씨 별채를 찾았을 때 을불의 부상은 심각했고, 담을 넘을 때는 달조차 구름에 가려 사방이 깜깜했소. 뜰아래로부터 오는 짙은 꽃향기가 낯설다는 느낌이 든 순간 아가씨의 칼이 목에 들어와 있었소이다."

"아마 하네스하나의 향기였을 겁니다. 고향 아유타 생각에 꽃나무를 많이 심었지요."

라뜨나의 대답에 수로왕이 빙긋 웃었다. 수로왕의 눈빛은 라뜨나의 별채에 머물던 청예로 돌아가 있었다.

"산제이 무사가 아니었더라면 우리는 관군의 손에서 벗어나지 못했을 것이오."

을불 장군이 산제이 어깨를 가볍게 툭툭 두드렸다.

"그렇소. 그대들의 도움으로 무사할 수 있었소이다."

수로왕이 산제이를 향해 미소짓자, 산제이가 멋쩍은 듯 어색하게 웃으며 말했다.

"아닙니다, 대왕마마. 대왕께서도 저희를 도와주셨습니다. 저…… 대왕마마, 가야를 위해 꼭 드리고 싶은 말이 있사옵니다."

산제이가 말하기를 머뭇거리자, 라뜨나가 일어나 수로왕을 향해 공손하게 몸을 굽혔다.

"저희에게 가야 교역을 허락하여 주옵소서. 저희 상단은 한나라에서도 큰 상단이었습니다. 교역일이라면 어디를 가더라도 자신 있사옵니다."

"교역이라…… 혹 염사치 상단을 알고 있으시오?"

수로왕의 얼굴이 굳어졌다.

"예, 대왕마마. 하온데 대왕께서도 아시겠지만 가야 교역은 염사치 상단만이 독점하고 있습니다. 이는 나라에 이로울 것이 없사옵니다. 저희에게 배를 내어 주신다면 염사치 상단과 경쟁하여 교역을 하겠나이다. 육로보다는 뱃길이 빠르고 이롭다는 것을 대왕께서도 아실 겁니다. 또한 가야는 수군이 강하다고 들었습니다. 목재만 있다면 저희에게 배를 만들 수 있는 사람들이 있습니다. 저희는 수군을 도울 것이고 저희가 벌어들이는 이익을 가야에 바치겠습니다."

"염사치 상단만으로 충분한 것 같은데……."

수로왕은 무뚝뚝하게 말했다.

"하오나 가야에 도움이 되도록 교역 상단을 다시 한 번 살펴주옵소서."

라뜨나의 목소리는 야무졌다. 락슈마나는 라뜨나의 눈을 보았다. 그것은 한 번도 락슈마나가 보지 못한 라뜨나의 당돌하고도 강한 눈빛이었다.

"알았소이다. 족장들과 의논해 보리다."

궁궐을 나온 락슈마나는 라뜨나의 어깨를 다독였다.

"공주, 잘하였다."

라뜨나가 자신도 만족한다는 듯한 표정으로 웃었다.

"'족장들이 기득권을 가지고 있다고는 하나 수로왕이 도울 마음만 있다면'이라고 했던 하미드 박사 말이 떠올랐어요. 그때 우리에게 득이 된다면, 못할 일이 무엇인가 하는 오기가 생기지 뭐예요. 그래서 용기를 냈어요."

"하나 앞으로는 돌발적인 언행은 삼가토록 해라. 매사 신중해야 하느니."

락슈마나의 목소리는 냉랭했지만 라뜨나를 걱정하는 마음이 담겨 있었다.

'오라버니는 아직도 나를 어린아이로 보는구나……'

락슈마나의 마음을 알지 못하는 라뜨나는 불만이 가득한 표정으로 입술을 굳게 다물었다.

락슈마나는 라뜨나를 다시 한 번 바라보았다. 이제, 라뜨나는 처음 한나라에 도착했을 때의 겁쟁이 공주가 아니었다. 한결 뚜렷해진 이목구비와 막 소녀티를 벗어나 여인으로 들어서려는 날씬한 몸매 그리고 침착하게 상대를 설득할 줄 아는 어엿한 여인으로 성장해 있었다.

그날 밤 수로왕은 오래도록 잠을 이룰 수 없었다. 아도간 족장이 감싸고도는 염사치 상단, 그들이 교역을 잘하는 것은 사실이나 가야의 다른 상단이 발 디딜 수 없게 하는 것도 사실이었다. 한나라에서 바달라와 함께 일했던 허 대인 상단이라면 교역에 관해서 믿을 수 있었다.

'무엇보다 기득권을 가지고 있는 염사치와의 관계를 잘 풀어야 한다. 아도간 족장과의 정치적 관계나 경제적인 면에서도 내가 직접 나서는 것은 안 된다. 그러나 지금으로서는 허 대인 상단에 힘을 실어 주어야만 염사치보다 나은 상단까지

는 아니어도 어깨를 나란히 하고 교역을 할 수 있을 것이다.'

수로왕은 가야를 위해서 어찌 해야 할지 생각에 생각을 거듭했다.

그런데 그런 생각을 할수록 라뜨나의 얼굴이, 반짝이는 크고 검은 눈동자가, 깜박거리던 긴 속눈썹이 수로왕의 눈앞에 자꾸만 어른거렸다. 자신도 모를 마음이었다.

며칠 후, 유천간 족장이 락슈마나를 찾아왔다.

"대왕의 명으로 배를 내어 주겠소. 그대들은 가야에 도움이 되도록 충심으로 일해 주시오."

락슈마나는 믿기지 않는다는 얼굴이었다.

"감사합니다, 족장님."

라뜨나는 유천간 족장에게 고개를 숙여 인사했다.

'수로왕께서 우리를 믿어 주셨구나, 오라버니와 함께 가야를 위해, 아유타를 위해 열심히 일하리라.'

라뜨나의 가슴은 한없이 설레었다.

곧바로 회의에 들어갔다. 수차례의 논의 끝에 배를 타고 한나라로 떠날 사람을 정했다. 인맥이 있는 한나라 교역은 어려울 것이 없었다. 락슈마나와 무사들은 상단으로 가고, 한나라에서 폭도들과 관련된 산제이 그리고 잉신들은 가야에서 일을 찾기로 했다. 붉은 깃발의 집은 예전 한나라 때의 활력을 되찾았다.

며칠 뒤 오후, 라뜨나가 전포를 어디에 마련할 것인지 아므리타와 의논하고 있을 때였다.

"공주님, 잠시 나와 보시옵소서."

바깥에서 시녀가 아뢰었다. 문을 열자 마당에 남루한 옷차림의 아낙네와 사내아이가 있었다. 라뜨나를 본 아낙네는 얼른 바닥에 엎드려 절을 하였다. 일전에 무녀의 집에서 봤던 아이 엄마였다.

"아가야, 이리 온."

라뜨나는 아낙네 뒤에서 옷자락을 잡고 숨어 있는 까만 눈동자의 아이가 귀여워 마당으로 내려섰다. 그러자 아이가 방싯 웃더니 냉큼 라뜨나의 품으로 들어왔다.

"아가, 다 나은 거야? 어디 좀 보자."

"고맙습니다. 저한테는 목숨과도 같은 아이예요. 아가씨가 아니었으면 어찌 됐을지……. 귀한 아가씨께서 이런 것을 걸치기야 하겠습니까만 감사하는 마음으로 아시고 받아 주세요. 제가 정성을 다해 만든 겁니다."

아낙네의 눈에 눈물이 글썽거렸다. 라뜨나는 아낙네의 표정으로 무슨 말을 하는지 알 수 있었다. 시녀가 아낙네의 손에서 보자기를 건네받았다. 아낙네의 손은 거칠고 손 마디마디가 옹골졌다. 아므리타가 그것을 받아 펼쳐 보였다. 가야 여인들이 입는 의복이었다.

"이렇게 하지 않아도 되는 것을."

라뜨나는 아이를 품에 안고 아낙네를 눈여겨보았다. 깨끗하기는 했지만 여기저기 천으로 기운 남루하기 짝이 없는 옷을 입고 있었다. 라뜨나는 아낙네의 진솔한 마음을 느낄 수 있었다. 가야에도 순박하고 착한 사람들이 살고 있구나, 아유타처럼.

"아기 아버지는 무얼 하나요?"

라뜨나의 말에 아낙네는 눈물을 주르르 흘렸다.

"전쟁터에서 그만 목숨을 잃었습니다. 제가 살아 있는 것은 오로지 우리 창이 때문입니다."

라뜨나는 아이의 얼굴을 바라보았다. 엄마의 사랑을 듬뿍 받고 자란 아이는 라뜨나를 향해 해맑게 웃었다. 라뜨나는 아이의 머리를 쓰다듬고 또 쓰다듬었다. 아유타에 있는 아기 왕자를 만난 듯.

아낙네가 돌아간 후, 라뜨나는 옷을 펼쳐 보았다. 옷감의 서걱거리는 감촉이 손바닥에 고스란히 느껴졌다.

"이런 추포(거친 베)조차 마련하기 어려웠을 텐데 보답을 하고 싶었나 봅니다."

아므리타가 가엾다는 듯 혀를 찼다. 고마운 마음에 이 옷을 짓느라 며칠 밤낮을 꼬박 매달렸을 것이다. 라뜨나의 머리에 '저런 가야 여인이라면 우리를 도울 수 있지 않을까'라는 생각이 스쳐 지나갔다.

"아므리타, 창이 엄마에게 가야 말을 배우면 어떨까? 가야인의 말은 숨은 뜻이 많아 어려워. 늘 곁에 있다면 정확한 말을 배울 수 있을 거야. 통역관이 있지만 이리저리 불려 다니느라 바쁘잖아. 가야 사람이 우리 거처에 같이 있다면 이로운 점이 많을 거야. 시녀나 하인들도 가야 말을 빨리 배울 수 있지 않겠어?"

"공주님, 좋은 생각이십니다."

아므리타가 활짝 웃으며 좋아했다.

그때 산제이가 전포 중개인과 함께 방으로 들어왔다.

7. 가난한 사람들

 락슈마나가 한나라 교역을 떠났다. 비록 수로왕의 도움을 받았지만 독자적으로 상단을 꾸려 가는 게 이렇게 기쁠 줄 몰랐다. 라뜨나와 잉신들은 교역항에 전포를 마련하고 차근차근 일을 처리했다.

 라뜨나는 시간이 날 때마다 가야 땅을 돌아다녔다. 수로왕이 다스리는 땅, 가야의 산과 들을 보고 싶었다. 해반천을 따라 걷다 보면 갯가 모래섬에 지천으로 자란 갈대가 바람결에 사각거리며 라뜨나의 귀를 즐겁게 했다. 강을 따라 하늘을 날아오르는 청둥오리와 기러기 떼의 모습은 평화로우면서도 생기 넘치는 자연 그대로의 아름다움이었다.

 "아므리타, 제를 지내는 개라봉에 가 보자."
 "하오나 가야의 정기가 흘러나온다는 성스러운 곳에 함부로 갔다가는……. 더욱이 아도간 족장의 병사들이 감시하고 있을 것입니다."

아므리타가 머리를 흔들며 망설이자, 라뜨나는 장난스럽게 손가락을 동글동글 돌렸다.

"아므리타, 우리는 이방인이야. 성스러운 곳인 줄 모르고 산에 올랐던 거야."

잠시 후, 라뜨나는 아므리타와 함께 개라봉을 향해 말을 달렸다. 바람이 귓가를 간질이며 지나갔다.

"저곳이 개라봉이랍니다. 어머, 공주님, 저것 보세요. 기묘한 바위와 숲이 어우러져 흡사 거북이가 웅크리고 있는 것처럼 보입니다."

과연 아므리타 손길을 따라 바라본 산의 모양새는 거북 모양을 닮아 있었다. 라뜨나는 말을 후미진 곳에 매어 놓았다. 숲을 지나자 부드러운 산줄기가 눈앞에 보였다. 높고 낮은 산들이 아늑했고 강은 들판을 지나 바다로 흘렀다. 강과 산과 바다가 아름다운 나라였다.

새하얀 억새들이 부드럽게 일렁이는 눈부신 구릉을 지나 산 정상에 이르자 저절로 눈길이 가는 너럭바위가 있었다. 몇 개의 바위를 겹쳐 올려놓은 제단이었다. 주변은 침묵했고 바람과 구름만이 고요하게 흘렀다. 제단의 성스러운 기운이 느껴졌다.

"그 말이 맞구나, 가야의 성산으로 받들 만한 신성한 곳이야."

"예, 공주님. 그때는 몰랐지만 땅의 신에게 제를 지낼 때 우리가 산신을 향해 절을 한 곳도 이 산이었습니다."

아므리타가 아무도 듣는 이가 없건만 목소리를 낮춰 소곤거렸다. 라뜨나는 제단 아래에서 절을 올린 후 천천히 산을 내려왔다.

말을 타고 구릉을 넘자 눈 아래 시원하게 뚫린 풀밭이 나왔다.

"저곳에다 차나무를 심으면 좋겠어."

라뜨나는 끝이 보이지 않는 넓은 풀밭을 내려다보며 말했다.

"글쎄요, 그렇게 된다면 좋겠지만 기후에 맞을는지······."

라뜨나의 말에 아므리타가 고개를 갸웃거렸다. 그때였다.

"야얍! 우와, 와!"

사내들의 함성이 들판 너머에서 들려왔다. 소리는 우렁찼고 점점 더 크게 들렸다.

라뜨나는 그곳으로 말을 달렸다. 바다에는 작은 돛배들이 경주라도 하듯 잔뜩 부푼 돛을 이리저리 흔들고 있었다. 작은 구릉을 넘자 함성이 더 크게 울렸다. 절벽 아래 광경은 놀라웠다.

윗옷을 벗은 사내들이 양편으로 갈라져 놀이를 하고 있었다. 둥근 뭔가를 발로 걷어차 상대편의 동굴에다 넣으면 좋아하는 것을 보니, 그렇게 승부를 가리는 놀이인 것 같았다. 그들을 둥그렇게 둘러싼 다른 사내들이 하늘을 향해 주먹을 내지르며 또다시 함성을 질렀다.

"아므리타, 저것이 무엇이냐?"

"축국이라는 놀이지요."

등 뒤에서 남자의 목소리가 들렸다. 라뜨나가 깜짝 놀라 뒤돌아보니 수로왕이었다. 라뜨나는 축국장의 함성 때문에 다가오는 말발굽 소리를 듣지 못했다. 수로왕의 흑마가 하늘을 향해 울었다. 몇몇의 무사들이 서너 걸음 떨어진 곳에 서 있었다.

"축국을 구경하고 있었소? 사내들의 운동이오."

뜻밖의 장소에서의 갑작스러운 만남이었다. 라뜨나는 할 말을 잃었다. 밝은 햇살 아래에 가까이서 바라보는 수로왕의 얼굴은 눈부셨다. 라뜨나는 얼른 고개를 숙였다. 달아오른 얼굴을 들킬까 봐서였다.

"축국은 공을 상대편 진지 속에 많이 넣을수록 이기는 놀이라오. 한나라에서도 많이 즐기는 놀이인데 보지 못하였소이까?"

"예, 처음 보는 놀이이옵니다. 놀이를 하는 사람도 구경하는 사람도 흥겨워하는군요."

"체력을 단련하는 데 좋은 운동이지요. 그런데 아가씨는 이런 곳에 어인 일이오?"

"가야의 경치에 취해 말을 달리다 보니 여기까지 왔나이다."

라뜨나는 자신의 목소리가 떨리는 것을 느꼈다.

"가야는 순한 산과 들이 바다와 어우러져 어느 곳에서도 볼 수 없는 아름다움을 가졌지요."

수로왕의 눈길이 산줄기를 더듬었고 멀리 바다로 향했다. 그 누구도 범접할 수 없는 가야에 대한 애정 어린 눈이었다.

바다를 바라보던 수로왕은 언젠가 꾸었던 꿈을 기억해 냈다.

푸른 안개가 휘돌고 있는 궁궐이 눈앞에 있었다. 섬세한 조각 무늬가 금빛으로 빛나는 둥근 지붕의 궁궐이었다. 안으로 들어서자 기이한 새들이 날아다녔고 꽃들은 짙은 향으로 수로왕을 이끌었다. 문득 베일을 쓴 소녀가 수로왕 앞을 지나갔다. 수로왕은 그 소녀를 뒤쫓았다. 길고 둥근 창에는 얇은 천의 햇빛 가리개가 바람에 나부꼈다. 그 끝에 소녀가 서 있었다. 잠깐 사이에 수로왕의 눈앞에 펼쳐진 것은 바다였다. 먼 바다에서 붉은 돛을 단 배가 수로왕에게 다가오고 있었다.

마치 생시처럼 느껴졌던 꿈이었다. 그것은 라뜨나가 가야에 들어오기 전의 일이었다.

'그러고 보니 꿈에서 보았던 소녀를 닮았어.'

수로왕은 라뜨나를 새삼 자세히 바라보았다. 범상치 않는 당당한 태도, 검은 듯 맑은 피부, 빛나는 눈동자와 발그레한 볼, 단정한 입술에서 눈을 뗄 수가 없었다. 한나라에서 보았던 귀여운 소녀는 간 곳이 없었다. 순간, 수로왕과 라뜨나의 검고 큰 눈이 허공에서 마주쳤다.

"대왕마마! 훈련장으로 가셔야 하옵니다."

큰 목소리로 외치며 수로왕 앞으로 다가온 사람은 아도간 족장이었다. 수로왕을 쫓아온 듯 숨찬 목소리였다. 아도간 족장은 수로왕과 나란히 서 있는 라뜨나에게 곱지 않은 눈길을 보냈다. 아도간 족장이 다시 한 번 수로왕을 재촉했다.

"어서 훈련장으로 납시옵소서. 병사들이 기다리옵니다."

"알았소이다."

수로왕은 라뜨나를 향해 가볍게 고개를 끄덕인 후 말에 올라 구릉을 내려갔다.

"아무 데나 함부로 나다니지 마라!"

수로왕의 모습이 보이지 않자, 아도간 족장이 라뜨나에게 사나운 말투로 주의를 주었다. 그러고는 신경질적으로 채찍을 내리치며 말머리를 돌렸다.

라뜨나는 마음이 언짢았다. 먼 하늘에 떠 있는 뭉게구름을 바라보며 입술을 꼭 다물었다. 축국장에서 사내들의 함성이 다시 한 번 크게 울렸다. 라뜨나와 아므리타는 말머리를 돌려 천천히 고을로 내려왔다.

눈앞을 스치는 정경은 가을이 한창이었다. 나뭇잎은 붉게 물들었고 들녘의 곡식은 누렇게 익어 갔다. 고을이 보이는 언덕 위의 나무들이 라뜨나의 눈에 들어왔다. 라뜨나의 눈길이 논과 밭둑이 맞닿아 있는 야트막한 산모롱이에 머물렀다. 가지가 엉켜 길게 자란 산뽕나무가 숲을 이루고 있었다. 그 위를 눈부신 가을 햇살이 길게 넘어오고 있었다.

라뜨나가 고을 길목 고목나무 아랫길로 들어섰을 때였다. 웬 여인이 외딴 움집에서 나왔다. 무거워 보이는 보자기를 양손에 들고 있었다. 여인은 이내 길을 돌아 사라졌다.

"창이 엄마인 것 같은데…… 왜 저곳에서 나오는 걸까?"

라뜨나는 혼잣말처럼 중얼거리며 말에서 내렸다. 울타리조차 없는 초라한 움집이었다. 안에서 끊임없이 찰칵거리는 소리가 새어 나왔다.

"여보세요, 아무도 안 계시나요?"

아므리타가 몇 번을 불러보았지만 대답이 없었다. 방문을 열자 방 안에서 흘러나오는 야릇한 냄새가 코를 찔렀다. 라뜨나는 저절로 미간이 찌푸려졌다.

"뉘시우? 에구구, 어이구, 이놈의 무릎……."

어두컴컴한 방 안에서 누군가 일어나려다 말고 그대로 꼬꾸라졌다. 머리가 허연 노파였다. 방 안에는 아기가 허리를 줄에 매인 채 기어다녔다. 아기는 사람을 보자 반가운지 침을 흘리며 옹알이를 했다.

"할머니, 다리가 아프세요?"

아므리타가 주섬주섬 소매를 걷어올리며 노인 곁으로 다가가 앉았다.

"아므리타, 무릎이 불편하신가 보다. 시료해 드려."

라뜨나의 말에 아므리타가 침통을 꺼냈다. 그러자 노파가 외마디 소리를 지르며 뒤로 물러나 앉았다. 자신을 해코지하려는 것으로 오해한 모양이었다.

"할머니, 아까 나간 창이 엄마와 아는 사이입니다. 아프지 않게 해 드리려는 거예요."

하지만 노파는 고개를 마구 흔들며 아기를 품에 안고 방 구석으로 기어가 몸을 웅크렸다. 아므리타가 노파을 향해 큰 소리로 말했다.

"할머니, 창이요. 창이 엄마를 알고 있다구요!"

그런데도 노파는 고개를 흔들며 웅크린 몸을 풀지 않았다. 아므리타가 바짝 다가가 노파의 팔을 잡았다. 노파는 입을 벌려 가쁜 숨을 쉬더니 가슴을 움켜잡고 쓰러졌다.

"정신을 잃었어. 우리를 보고 놀란 모양이야."

라뜨나는 노파의 품에서 아기를 떼어 안았다. 아므리타가 노파를 똑바로 눕혔다. 이어 옷을 느슨하게 한 후, 혈을 찾아 침을 놓았다. 침을 맞은 노파의 숨결이 한결 편안해졌다. 아므리타가 딱하다는 듯 혀를 찼다.

"공주님, 빛도 들어오지 않는 이런 곳에서 웅크린 채 일을 하니 병이 생긴 겁니다. 몸이 허약해서 맥도 잘 잡히지 않습니다."

옆에서 아기가 배고픈지 칭얼거렸다.

"공주님, 아기가 먹을 게 있는지 살펴보겠습니다."

아므리타가 아궁이가 있는 부뚜막 쪽으로 몸을 움직였다.

라뜨나는 찬찬히 방 안을 둘러보았다. 베를 짜는지 방추차(가락 바퀴. 실을 뽑거나 감는 도구)가 보였다. 잠시 후, 아므리타가 나물죽을 들고 왔다.

"먹을 것이라고는 이 들나물뿐입니다, 공주님."

아기가 먹을 것을 보고 버둥거렸다. 라뜨나는 마음이 아팠다.

아므리타가 라뜨나에게서 아이를 받아 안았다. 아기가 나물죽을 두어 숟갈 넘겼을 때, 노파가 눈을 떴다. 노파는 얼른 아므리타의 손에서 아기를 빼앗아 품에 안고 불안한 눈빛으로 라뜨나를 바라보았다.

"그만 나가자. 우리를 두려워하고 있어."

라뜨나의 말에 아므리타가 죽 그릇을 노파 앞에 내려놓았다. 라뜨나는 밖으로 나왔다. 뒤이어 나온 아므리타가 낮은 목소리로 침울하게 말했다.

"침을 놓았으나 잘 걸을 순 없을 것이옵니다. 무릎뿐 아니라 다리뼈도 약해져 있습니다. 힘든 노동을 많이 했나 봅니다."

라뜨나는 말없이 걸었다. 움집을 몇 군데 더 돌아보았다. 다른 집도 사정이 별반 다르지 않았다. 아이들은 방치되어 있었고, 병자들은 악취를 풍기며 죽은 듯이 누워 있었다. 그들의 집에는 먹을거리가 없었다. 라뜨나의 눈에 눈물이 핑 돌았다.

"노인과 어린아이들을 그냥 두고 볼 수 없구나. 우리의 침술로 병자들을 돌보자."

"공주님, 가야 사람들을 다 돌볼 수는 없사옵니다."

"하는 데까지 해 봐야지. 저 모습을 보고서 어찌 그냥 지나칠 수 있겠어?"

라뜨나는 집으로 돌아오자마자 창이 엄마를 불렀다.

"아까 고을에서 창이 어머니를 우연히 보았어요. 그 움집 할머니와 아는 사이예요?

"예, 먼 친척 되는 분입니다. 평생 남의 집에서 막일을 하며 사셨는데, 얼마 전 바다에 나간 딸 부부가 돌아오지 않아 손녀를 혼자 키우고 있어요. 그래도 쉬지 않고 베를 짜는지라, 제가 그분이 짠 베를 팔아 드립니다. 하지만, 저는 제 할 일을 다 하고 남는 시간에 돕는 것이니, 이곳 일을 소홀히 한다고 생각하지 마십시오."

눈치를 보며 창이 엄마가 빠르게 말했다.

"그리 생각하지 않으니 걱정 마세요."

창이 엄마가 방을 나간 후, 방 안은 한참 동안 조용했다.

가야는 아직 수로왕이 나라를 세운 지 얼마 되지 않은 때라 상류층과 백성의 삶은 격차가 심하다고 했다. 사람들은 하루 한 끼 콩을 섞은 나물범벅을 먹는 것조차 힘들었다. 형편이 그러니 자연 음식이 생기면 딱딱한 껍질까지 허겁지겁 먹는 바람에 이빨은 빨리 부러졌고 썩어들었다. 뼈와 이빨의 고통은 참기 힘든 것이라 일을 해도 능률이 떨어졌다.

라뜨나는 움집에서 보았던 병들고 외로운 노인과 배고파 우는 아이, 그리고 찬 바닷바람을 맞으며 온종일 조개와 굴을 채취하는 아낙네들의 팍팍한 삶이 안타까웠다. 한 끼 먹을 음식을 마련하기 위해 온몸이 부서져라 일하는 가난한 사람들. 이들에게 도움을 줄 수 있다면 무엇이든 하고 싶었다. 라뜨나는 노파의 방추차를 떠올렸다.

"아므리타, 한나라에서는 뽕잎을 먹는 누에로 비단을 만들지? 아까 보니 고을 입구에 산뽕나무가 많던데, 가야 교역품에 비단이 있어?"

"예, 가야의 직포는 유명하답니다. 겸포나 세포는 다른 나라에서 인기 있는 무역품이고요. 특히 능은 최고로 친다고 합니다. 그러나 막상 베 짜는 이들은 값을 다 받지 못하는 것 같습니다. 소량인 데다 품질에 따라 차이가 많이 나니까요. 그러니 힘들게 일해도 먹고 살기 힘들지요. 중간 상인들만 배를 부르게 할 따름입니다."

"중간 상인이라……. 솜씨는 있으나 값을 제대로 못 받는다?"

"예, 누군가 아이를 돌보거나 함께 일하면 더 많은 베를 얻을 텐데요."

"함께? 그래, 바로 그거야. 아므리타, 함께 일한다! 함께 말이야. 공동으로 모여 일하면 아이들을 옆에서 돌볼 수 있고, 능률이 올라 좋은 베를 짜면 더 좋은 값을 받지 않겠어?"

라뜨나의 눈동자가 수정구슬처럼 반짝였다.

"그렇지만 그럴 만한 장소도 문제고……."

"우리에게 사람이 있으니, 공동으로 일할 작업장을 만들자. 직물뿐만 아니라 밧줄이라든가 바구니 같은 물품도 같이 만들면 어떨까? 먼저 가야인들 전포에 팔고 나중에 품질이 좋다면 교역품으로 해도 되고!"

"공주님, 참으로 좋은 생각입니다."

"이런 일은 서둘러 시작해도 되겠지?"

아므리타는 고개를 끄덕이고 얼른 하인들이 있는 바깥채 움집으로 나갔다.

조금 뒤, 산제이가 라뜨나에게 달려왔다.

"공주님, 시녀장에게 들었습니다. 일할 가야인들을 모으신다고요? 말썽이 생기면 어쩌려고 그러십니까?"

"산제이, 가야에서 가야인들을 만나지 않고 어떻게 살 수 있겠어? 우리가 그들에게 일을 주고 병을 시료해 준다면 틀림없이 가야인들과 친해질 수 있을 거야. 공동 작업장은 우리가 가야인과 자연스럽게 어울릴 수 있는 좋은 방법이라 생각해."

"하오나 저들이 쉽사리 몰려오지 않을 것입니다."

"산제이, 그래도 우리는 해야 해. 우리가 먼저 다가가야 이곳에서 웃으며 살 수 있어!"

물론 산제이의 말이 옳다는 것을 라뜨나는 알았다. 아직까지 이방인이라며 경계를 하고 있는데, 하루아침에 친해질 수는 없을 것이다. 하지만 라뜨나는 천천히 그들에게 다가가면 반드시 진실을 알아 줄 것이라고 생각했다. 라뜨나의 눈에 자신감이 넘쳤다. 산제이가 고개를 절레절레 저었다. 라뜨나의 고집을 잘 아는 산제이였다.

그로부터 얼마 지나지 않아 바깥채로 쓰는 움집 옆에 큰 작업장이 생겼다.

"일한 만큼 곡물을 나눠 준다는데, 이방인들을 믿어도 되는지 몰라."

"하기는 우리가 속고 자시고 할 거라도 있어? 가진 게 있어야지."

"한번 가 볼까?"

이방인들이 병을 고쳐 주고 공동 작업장을 만들어 일거리를 준다는 소문은 삽시간에 퍼졌다. 아이 딸린 아낙네나 수족을 마음대로 못 쓰는 늙은이들이 하나 둘 찾아왔다. 사람들은 경계를 하면서도 마음을 조금씩 움직였다.

"이방인들이 한 말이 진심이더라. 여그 내 이빨 썩은 데 보이지? 고 요상한 침 맞고는 아픈 게 싹 가셨다."

"아기도 봐 주는 사람이 있고 품삯도 제대로 쳐주니 일할 맛 난다니까."

붉은 깃발의 이방인 집에 찾아오는 사람이 날로 늘었다. 가난과 병으로 고통받는, 힘없는 사람들이었다. 라뜨나는 새로운 기쁨을 맛보았다. 역시 진실한 마음은 통했다.

그러던 어느 날이었다. 전쟁이라도 일어난 것처럼 말발굽 소리가 요란하게 울리더니 사립문이 벌컥 열렸다. 울타리를 무너뜨릴 듯 그들의 손길은 거칠었다.

8. 족장의 딸

 아도간 족장과 그 병사들이었다.
 "소문이 사실이었군. 무슨 이유로 사람들을 모으느냐?"
 아도간 족장은 말채찍을 땅바닥에 내리치면서 버럭 화를 냈다.
 작업장에서 일하던 사람들이 우르르 몰려나왔다. 한 아낙네가 허리를 굽힌 채 아도간 족장 앞으로 다가갔다.
 "족장님, 우리 스스로 오는 것입니다. 일거리를 주고 병을 고쳐 주는 고마운 사람들입니다."
 아낙네의 말에 족장이 가죽신을 땅바닥에 굴렀다. 흙먼지가 일었다.
 "너에게 물은 것이 아니다! 이방인은 대답하라."
 아도간 족장의 일갈에 겁을 먹은 아낙네가 뒤로 물러났다.

"예, 족장님. 가난해서 의원을 찾을 수 없는 어르신들을 시료하고 있습니다. 저희 도움이 필요하면 도와주고, 저희 또한 어르신들의 도움을 받고 있습니다."

라뜨나는 아도간 족장을 바라보며 더할 수 없이 공손하게 대답했다.

이번에는 노인들이 아도간 족장 주위로 몰렸다.

"족장님, 이 사람들은 저희를 도와주고 있습니다."

"예, 족장님, 좋은 분들입니다. 덕분에 요즘은 한 끼라도 배불리 먹는답니다."

"이것 보시우, 이제 안 아프다우."

한 노인이 듬성듬성한 치아가 훤히 보일 정도로 입을 크게 벌리고 아도간 족장에게 다가갔다. 족장이 한 발 뒤로 물러났다. 족장의 눈길이 라뜨나에게 와 닿았다. 라뜨나는 아도간 족장에게 머리를 숙였다. 어찌됐든 아도간 족장의 화를 돋운다면 이로울 것이 없었다. 지금 하고 있는 공동 작업을 그만두라고 할 수도 있었다.

아도간 족장이 눈을 가늘게 뜨고 주변 사람들을 천천히 둘러보았다.

"만약 가야 사람들을 괴롭힌다는 소리가 들리면 너희를 가만두지 않겠다. 명심하라."

잠시 후, 아도간 족장은 못마땅한 듯 혀를 찼으나 더 이상 캐묻지 않고 그대로 돌아갔다. 라뜨나는 아도간 족장의 뒷모습을 지그시 바라보았다. 어찌하여 우리를 이토록 견제하는가. 라뜨나는 앞으로도 아도간 족장의 감시가 심할 거라는 것을 알았지만 걱정하지 않았다. 두려워 말라는 어머니의 가르침이 고향을 떠난 라뜨나의 마음을 단단하게 했다.

공동 작업장에서 나오는 물건의 질은 나날이 좋아졌다. 저잣거리와 교역항 전포 모두 생각보다 많은 이문을 남겼다. 이제 아유타 사람들은 의식 걱정을 하지 않아도 되었다.

그러던 어느 날, 한나라로 간 락슈마나가 다른 상단을 통해 소식을 보내왔다.

공주, 이곳에서의 교역 상황은 순조롭게 진행되고 있다. 다만 예정보다 교역 기간이 길어질 것 같다. 말갈 상단을 통해 좋은 목재를 알아보고 있는데, 시간이 걸리는구나. 가야 수군의 배를 만들 목재라서 더 신중하게 고르는 중이란다.

그보다 공주, 공동 작업장을 만들어 가야인들이 모여들게 하다니, 걱정이 앞서는구나. 아도간 족장과 그 일로 갈등까지 있었다니 더더욱 행동을 조심해야 한다. 앞으로는 모든 일을 잉신들과 깊이 상의하여 결정하여라.

내심 칭찬을 기대했던 라뜨나는 락슈마나에게 섭섭함을 느꼈다.

가을인가 싶더니 어느 사이 바람이 매서워졌다. 그렇게 며칠 살을 파고드는 추위가 가야 땅을 휩쓸었다. 밤새 폭설이 내려 논밭은 하얗게 변했고 지난 가을 새로 이엉을 얹은 지붕 위에도 눈이 소복소복 쌓였다. 사람들은 움집 밖으로 나와 지붕을 내리누르는 묵직한 눈을 털어 내고 집 앞길을 터 놓았다.

'오라버니는 이 추운 날씨에 아직도 북방 내륙을 헤매고 다니시는지, 아니면 뱃길로 돌아오시는 중인가, 아유타는 전쟁이 더 심해진 것은 아닌지…… 부모님은 어찌 지내실까?'

라뜨나는 근심에 찬 얼굴로 하늘을 올려다보았다. 목덜미를 스치는 찬바람에 몸서리를 쳤으나, 곧 옷깃을 여미며 마당에 놓인 석탑으로 다가갔다. 아유타를 떠날 때 왕비가 배에 실은 석탑이었다.

라뜨나가 손을 내밀어 석탑을 쓰다듬었다. 붉은 돌의 석탑은 생각보다 따뜻했다.

"공주님. 날이 추운데 석탑을 도시다니, 왕자님이 걱정되십니까?"

어느 결에 아므리타가 곁에 서 있었다.

"바람이 예사롭지 않으니 걱정이야. 혹 바다에 계신다면……."

"공주님, 염려 마옵소서. 이 진풍 석탑이 노한 파신을 막아 줄 테니, 왕자님께서는 무사히 돌아올 겁니다."

아므리타도 공손히 두 손을 모으고 탑을 돌기 시작했다. 하나 둘 잉신들이 마당으로 나오더니 라뜨나와 아므리타의 뒤를 따라 탑을 돌았다. 라뜨나는 말하지 않아도 마음을 알아주는 잉신들이 새삼 고마웠다.

"저게 뭐 하는 짓인기여?"

작업장에서 일하던 가야인들이 수군거렸다. 그 중 호기심 많은 젊은 아낙네들이 석탑 가까이로 슬금슬금 다가왔다. 석탑의 머리장식에 박힌 수정구슬이 햇살을 받아 눈부시게 빛났다.

탑을 돌던 잉신들이 가야인을 불렀다.

"이리들 오세요. 이 석탑을 돌면서 간절히 기도하면 소원을 이룰 수 있습니다. 특히 비바람을 막아 준다 해서 배를 타고 나갈 때 기도하면 효험이 있어요."

잉신과 시녀들이 가까이 다가온 가야 아낙네들의 손을 이끌었다.

"안 할라요. 추워서 오금이 저린데 고뿔 걸리겠소."

가야인들은 서둘러 방 안으로 내뺐으나 호기심 어린 눈들이 문틈으로 내다보고 있었다.

온종일 바람이 차가웠으나, 교역을 떠난 락슈마나와 아유타를 걱정하는 잉신들의 탑돌이는 오래 이어졌다. 왕비의 석탑은 고향을 떠난 아유타인들의 마음을 하나로 묶어 주었다.

그날 밤, 막 잠자리에 들려고 할 때였다. 시녀가 침상 가까이 다가와 소곤거렸다.

"누가 공주님을 뵙고자 합니다. 귀한 부인인 듯하여 아뢰옵니다."

"모시고 오너라."

시녀의 안내를 받으며 들어온 부인은 일부러 남의 눈에 띄지 않으려고 꾸민 것처럼 남루한 차림이었다. 하지만 손가락에 낀 가락지와 금박 입힌 유리구슬 목걸이가 예사롭지 않은 신분임을 말해 주었다.

부인은 바지 위에 흰 사리를 걸친 이국적인 라뜨나에게서 눈을 떼지 못한 채 말없이 서 있었다.

"부인, 무슨 일이신지요?"

라뜨나는 낯선 부인에게 먼저 말을 건넸다. 그제야 부인은 얼굴에 보일 듯 말 듯 미소를 지었다.

"밤늦은 시각에 불쑥 찾아와 미안합니다. 난 아도간 족장님의 아내예요."

라뜨나는 깜짝 놀랐다. 사사건건 아유타 사람들에게 시비를 거는 오만한 아도간 족장이었다. 족장의 부인이 무슨 일로 찾아왔단 말인가. 또 트집을 잡으려는 것은 아닌지 라뜨나는 긴장했다.

"우연히 아이를 시료하는 아가씨를 보았습니다. 아가씨가 모른 척 지나칠 수도 있었던 일인데, 위험을 알고도 나서더군요. 그 후로도 병자들을 신통하게, 잘 낫게 한다는 소문을 들었어요."

부인은 귀부인답게 행동과 말씨가 점잖았다. 라뜨나는 부인의 얼굴을 말없이 건너다보았다. 아직 무엇 때문에 부인이 온 것인지 짐작할 수 없었다.

"딸아이가 있습니다. 할 수 있는 시료는 다 해 보았지만 낫지를 않아요. 어쩐지 아가씨는 딸아이의 병을 낫게 할 거라는 그런 느낌이 들어 찾아왔어요. 우리 아지는 장차 가야의 왕후가 될 아이예요. 아지를 고쳐만 준다면 은혜는 잊지 않겠어요."

'왕후가 될? 수로왕의 배필이 이미 정해져 있다는 말인가.'

라뜨나는 탁자 밑으로 사리 한 자락을 움켜쥐었다. 그리고 늦은 밤 부인이 직접 온 이유를 간파하였다. 그것은 왕후가 될 아지의 병을 고치지 못할 경우, 이 비밀을 알고 있는 사람 또한 목숨을 내놓아야 한다는 것. 설령 아도간 족장의 부인은 그럴 마음이 없다 하여도 상대는 아도간 족장이었다. 라뜨나는 고개를 들어 부인을 똑바로 바라보았다.

"부인, 내일 날이 밝는 대로 찾아뵙겠습니다."

라뜨나가 부인에게 공손히 말했다. 그러자 부인의 태도가 이제까지와는 다르게 갑자기 굳어졌다.

"사람을 보내지 않고 이렇게 직접 온 것은……."

라뜨나는 부인의 눈에서 아도간 딸이 위급하다는 것을 알아챘다.

"알겠습니다, 부인."

그날 밤, 라뜨나는 시녀장 아므리타를 데리고 아도간 족장의 집으로 갔다. 라뜨나가 안내되어 들어간 방의 화려한 침상에는 창백했으나 이목구비가 뚜렷한 소녀가 누워 있었다. 라뜨나보다 두어 살 어려 보였다. 이 소녀가 가야의 왕후가 될 사람이란 말인가. 가슴 한 가운데가 불길이 일 듯 갑자기 뜨거워졌다.

아므리타가 탁자 위에 향을 피웠다. 부인이 미심쩍은 눈으로 바라보았다.

"이것은 마음을 안정시켜 주는 향입니다."

라뜨나는 부인을 향해 미소지으며 말했다. 아므리타가 소녀의 손목을 잡고 맥을 신중하게 살폈다. 부인의 얼굴은 딸에 대한 근심으로 가득했다. 라뜨나가 부인에게 돌아섰다.

"아지님은 몸이 허약하고 피가 제대로 돌지 않는 체질을 가졌습니다. 하혈이 심해진 것은 추운 계절 때문입니다. 시료가 될 것이니 염려 마십시오."

"정말이에요? 아가씨, 우리 아지가 아프지 않게 된다면 뭐든 하겠어요."

부인이 라뜨나의 손을 잡고 간곡하게 말했다. 부인의 눈에 금세 눈물이 가득 고였다. 딸을 생각하는 어머니의 절절한 마음이 느껴졌다. 라뜨나는 아유타의 왕비가 생각났다. 누구보다 다정하고 따뜻한 어머니. 부인의 얼굴에 왕비가 겹쳐 보이면서 라뜨나는 어머니가 그리워 가슴이 저렸다. 라뜨나는 숨을 삼키며 마음을 다그쳤다.

"부인, 방 안을 따뜻하게 해야 합니다."

라뜨나는 신뢰감이 들도록 부드러우면서도 목소리에 힘을 실어 말했다.

"시료가 끝날 때까지 부인께서는 나가셔서 쉬고 계십시

오."

 방 안의 공기가 데워졌다고 느낄 즈음 라뜨나가 아지의 다리를 주무르기 시작했다.

 아므리타가 아지를 시료하려고 막 자리에 앉았을 때였다.

 "아…… 아파, 손이 거칠구나!"

 눈을 뜬 아지가 날카롭게 소리치며 라뜨나를 발길로 밀어냈다. 곁에 있던 아므리타가 당황해하며 아지를 달랬다.

 "아가씨, 혈액순환이 잘 되지 않아 아프게 느껴질 것입니다. 조금만 참으세요."

 "손결이 바늘로 찌르는 것 같은데도 참으란 말이야!"

 아지가 아므리타와 라뜨나를 향해 하얗게 눈을 흘겼다. 아지의 투정은 그 후로도 계속되었다. 유순한 부인과는 전혀 다른 성격이었다. 병자가 하는 행동인 것을 참아 내지 못할 일이 무엇이겠는가. 라뜨나는 입술을 꼭 다물고 수모를 참았다.

 시료를 마치고 집으로 돌아오는 길이었다. 찬 겨울 밤공기를 가슴 깊숙이 들이마셨다. 하늘에는 별들이 한가득 빛나고 있었다.

 '아지처럼 어머니가 내 곁에 계시다면 얼마나 좋을까.'

 라뜨나의 눈에 눈물이 어렸다. 라뜨나는 아므리타가 보지 못하도록 고개를 돌려 밤하늘을 올려다보았다. 침을 삼키자

목울대가 아파 왔다. 별빛이 눈으로 가득 들어와 온몸을 채웠다. 라뜨나와 아므리타는 집을 향해 걸음을 빨리 옮겼다. 피곤이 물결처럼 밀려왔다.

다음 날부터 라뜨나는 하루도 빠짐없이 아도간 족장의 집을 찾았다. 최우선으로 해야 할 일이었다. 사나흘이 지나자 아지의 얼굴에 혈색이 돌아왔고, 사 순이 지났을 무렵 차가웠던 몸의 부분들이 부드럽게 기능을 하는 듯했다. 다행히 시료의 효과가 좋았다.

처음 봤을 때의 느낌처럼 아지는 예민하고 불같은 성미를 가진 소녀였다. 날마다 보다시피 하는 라뜨나가 친숙하게 여겨질 법도 한데, 하녀 대하듯 했다. 직접 병을 시료한 아므리타에게 고맙다는 말조차 건넬 줄 몰랐다. 아지는 아도간 족장의 성격을 많이 닮은 딸이었다. 라뜨나가 족장의 집 안채에서 아도간 족장을 만난 일은 한 번도 없었다. 라뜨나는 아도간 족장이 의도적으로 피한다는 느낌이 들었다.

"아가씨, 어려운 일이 있으면 말씀하세요."

아도간 족장의 부인이 시료를 끝낸 라뜨나에게 다가와 말했다.

"아닙니다, 부인. 아지 아가씨가 빠르게 차도를 보이니 다행입니다."

"아가씨는 참으로 마음씀씀이가 깊고 따뜻하군요."

부인은 라뜨나의 손을 다정하게 잡으며 고마움을 표했다.

어느 날, 아지를 시료한 후 아도간 족장의 집에서 한담을 나누던 라뜨나는 탁자 위로 눈길이 갔다.

"조가비를 다듬어 만든 부인의 팔찌도 새롭습니다만 저 탁자 위 공예품 또한 독특합니다. 다른 곳에서 보지 못한 물건이에요."

라뜨나는 족장의 집을 방문할 때마다 내실에 놓인 물건들에 눈길이 갔었다.

"바다 건너 왜국 상인에게서 받은 거랍니다."

"아, 왜국에서 온 것이었군요. 어쩐지 소용돌이 무늬가 색다르다 했습니다."

부인은 라뜨나를 좋아했다. 윤기가 흐르는 피부에 빛나는 큰 눈과 새까만 비단 같은 머리카락, 그리고 날씬한 몸매의 라뜨나가 예쁘다고 생각했다. 무엇보다 아지를 시료하는 라뜨나가 무척 고마웠다.

"성실하고 겸손한 성품을 가지셨습니다."

아도간 족장의 부인은 라뜨나에게 종종 호감을 드러냈다. 라뜨나 또한 어머니를 대하듯 부인이 편안했다.

9. 봄

 계절이 바뀌어 찬바람은 잦아들었고 햇살은 따뜻해졌다. 어느새 가야 천지가 봄기운으로 화사했다.

 수로왕이 서력 42년에 나라를 세운 이후, 매년 행하는 가야제가 다가오고 있었다. 가야에서는 씨를 뿌리는 봄과 곡식을 거둬들이는 가을에 두 차례 가야제를 열었다. 가야제 기간 동안 백성들은 고되고 힘든 일상을 잠시 잊고, 나라에서 베푸는 잔치에 춤추고 노래하며 한껏 즐겁게 보냈다.

 지난 가을 가야제 때, 라뜨나는 시녀와 잉신들에게 집 안에서 조용히 보내라 명했다. 여러 일로 바쁘기도 했거니와 혹여 불미스러운 일에 휩쓸릴까 염려해서였다. 하지만 어느 정도 가야 생활이 안정된 지금은 그때와 달랐다.

 "공주님, 우리 아유타 축제처럼 흥겨울 겁니다. 축제는 그런 거잖아요."

시녀들의 말처럼 라뜨나도 가야제가 기다려졌다.

봄 가야제가 시작되는 날이 밝아 왔다. 깨끗한 옷으로 단장을 한 시녀와 하인들이 바깥으로 몰려 나갔다. 라뜨나는 구슬로 머리를 장식하고 연노랑 저고리와 붉은 비단치마를 입은 다음 잉신들과 함께 개라봉으로 향했다. 제를 지내는 개라봉은 벌써 많은 사람들이 자리를 차지하고 있었다. 넓은 풀밭에는 야생화가 점점이 피어 있어 흡사 무늬가 아름다운 비단을 펼쳐 놓은 듯했다.

거북아 거북아
머리를 내놓아라
만약 내어놓지 않으면
구워서 먹으리

개라봉 정상에서 수로왕과 족장들이 제의를 지내는 노랫소리가 아련하게 들렸다. 수로왕이 가야의 대왕으로 등극하고부터 하늘에 제의를 지낼 때 부족장들이 부르는 노래라고 했다.

이윽고 아도간 족장이 산 아래를 향해 깃발을 흔들었다.

사람들은 일제히 엎드려 절을 하였다. 수로왕의 모습이 바위 위로 나타났다. 자색 두건에 흰 옷을 입고 있었다. 빛나는 햇살 아래 두 팔을 하늘로 뻗고 기도하는 수로왕에게서 하늘과 땅을 압도하는 강한 힘이 느껴졌다.

라뜨나는 수로왕에게서 눈을 뗄 수 없었다.

"저기 봐, 아지님이다."

사람들 눈길을 따라 라뜨나도 고개를 돌렸다. 아도간 족장의 딸이 백성들 틈에 섞여 있었다. 연분홍빛이 감도는 화려한 비단 옷이 아지의 미모를 돋보이게 했다.

"곧 왕후가 되시겠지……."

사람들이 속살거리는 그 소리가 라뜨나의 마음에 깊이 파고들었다. 라뜨나는 마음이 한순간 차갑게 얼어붙었다.

제를 끝내는 뿔나팔 소리가 개라봉 하늘로 웅장하게 퍼졌다.

"수로대왕 만세! 가야 만세!"

사람들이 수로왕을 향해 열렬한 환호를 보냈다. 하늘 아래 이토록 백성들의 사랑을 받는 군주가 또 있을까. 가야인들의 마음이 라뜨나에게도 그대로 전해졌다. 지금 옆에는 잘 익은 술과 음식 그리고 흥겨운 노래가 있다. 라뜨나는 하늘을 향해 맑은 웃음을 터뜨리며 아므리타와 함께 빙글빙글 돌았다.

잉신들도 가야인들과 한데 어울려 축제의 노래를 불렀다.

수군의 축국과 늠름한 기마병들이 펼치는 마술 경기는 눈을 뗄 수 없는 신나는 볼거리였다. 또한 사람들은 가야 앞바다를 달리는 돛배의 경주를 한마음으로 응원했다. 아유타인들이 가야의 백성으로 어울려 보낸 첫 축제였다.

가야제가 지난 며칠 후, 라뜨나는 약초를 캐러 가는 아므리타를 따라나섰다. 구름 한 점 없이 드높은 봄 하늘은 푸르고 푸르렀다. 송홧가루가 꽃잎처럼 날렸고, 그 길을 따라 나물 캐러 가는 계집아이의 모습이 정겨웠다. 들판을 지나 산에 올랐다. 나뭇가지마다 꽃들이 만발했다. 스쳐 가는 바람에도 칡꽃 향기가 났다.

"공주님, 힘드시면 쉬고 계십시오. 혼자 해도 되는 일입니다."

"아니야, 이렇게 다니다 보면 서책을 들여다보는 것보다 알게 되는 것이 얼마나 많은데."

라뜨나는 부지런히 아므리타 뒤를 쫓았다. 약초에 대한 지식은 아므리타를 따라갈 사람이 없었다. 모르는 것이 없을 만큼 해박한 하미드 박사마저 아므리타에게 물을 정도였다. 산을 오른 지 한 시진이 지났을까. 부지런을 떤 것도 아닌데 제법 많은 약초가 바구니에 담겼다.

계곡 아래에서 개울물 소리가 들려왔다. 돌돌거리는 소리가 어서 오라고 부르는 것 같았다.

"아므리타, 좀 쉬었다 가자."

라뜨나가 바구니를 옆에 끼고 바위 아래로 내려가기 시작했다. 물 가까이에 있는 돌은 이끼가 끼어 있어 미끄러웠다.

"조심하십시오."

아므리타의 말이 끝나기 무섭게 라뜨나의 발이 미끄러졌다. 라뜨나는 비명을 지를 사이도 없이 주르륵 아래쪽으로 밀려나기 시작했다. 순간 라뜨나는 손을 뻗어 겨우 나무줄기를 붙잡았다. 허둥지둥 내려온 아므리타가 라뜨나를 바위 위에 안아 내렸다.

"큰일 날 뻔하셨어요. 어디 다친 데는 없으세요?"

아므리타가 라뜨나를 이리저리 돌려보며 자세히 살폈다.

"괜찮아, 그나저나 약초를 다 빠뜨려 버렸네. 아까워서 어쩌지?"

그때 갑자기 풀숲이 소란스럽더니 불쑥 나타난 노루가 껑충거리며 달아났다. 아므리타가 재빨리 두 팔로 라뜨나를 감쌌다. 순간, 둔탁한 소리와 함께 바위 위 굽은 나무에 화살이 박혔다. 잠시 후 나무 사이로 누군가 나타나더니 나무에 박힌 화살을 잡아챘다. 검은 사냥 옷을 입고 절풍에 꿩 깃을 단 사냥꾼, 수로왕이었다. 개울 쪽을 무심히 바라보던 수로왕이 라뜨나를 발견했다.

"아니, 어찌 이런 곳에?"

깜짝 놀란 수로왕은 화살과 나무를 번갈아보더니 얼굴이 굳어졌다.

"혹 화살 때문에 다친 게요?"

그제야 라뜨나는 앉았던 자리에서 일어났다. 아므리타가 라뜨나를 부축하던 손을 놓았다.

"아닙니다, 대왕마마. 괜찮습니다."

수로왕이 라뜨나가 있는 곳으로 내려왔다.

"대왕마마께서는 사냥하시던 중인가 봅니다."

"허허, 사냥이라기보다 화살촉이 색다른 것이라 시험을 하고 있었소이다."

수로왕이 손에 들었던 화살을 라뜨나 앞에 보였다. 화살촉이 특이했다.

"보통 화살촉과는 확실히 다르군요."

"오호, 활을 쏠 줄 아시오?"

수로왕이 놀랍다는 듯 물었다. 라뜨나는 얼굴을 붉혔다.

"이것은 고구려에서 쓰는 화살촉이라오. 밑이 좁고 끝으로 갈수록 벌어져 날카로울 뿐 아니라 보통 화살촉보다 두 배는 멀리 날아가지요."

한 발 뒤에 서 있던 아므리타가 살그머니 라뜨나에게 다가와 속삭였다.

"저는 먼저 물러가옵니다."

아므리타는 금세 나무 사이로 사라졌다.

"하하하! 눈치 빠른 사람을 두셨군요."

수로왕은 기분 좋은 듯 쾌활하게 웃었다.

"아가씨는 무얼 하던 중이오?"

라뜨나는 수로왕과 함께 있다는 사실이 꿈인 듯했다.

"왜 그러시오? 얼굴이 붉어졌소. 열이 있는 것은 아니오?"

수로왕이 가까이 다가왔다. 라뜨나는 얼른 뒤로 물러났다. 부끄러웠다. 마음과는 다르게 숨고 싶었다. 수로왕이 짓궂게 더 가까이 다가왔다. 라뜨나는 눈을 질끈 감고 소리쳤다.

"소, 소녀는 약초를 캐러 왔나이다."

"약초? 그럼 아가씨가 의원이 하는 일도 안다는 게요?"

"아닙니다. 그저 들은 약간의 지식으로 도와줄 뿐입니다."

수로왕이 별안간 라뜨나의 손목을 잡았다.

"나도 데려가 주오. 약초에 대해 배우고 싶소."

"대왕마마, 손을 놓아 주십시오."

"지금 부끄러워하시는 게요? 아가씨답지 않소이다. 하하하!"

수로왕이 라뜨나를 놀리며 손을 놓아 주었다.

라뜨나는 허리를 굽혀 반쯤 물에 잠긴 바구니를 챙겨 들었다. 소나무 사이에 숨어 두 사람을 보고 있던 아므리타가 빙긋 웃더니 약초 바구니를 들고 안심한 듯 산 위로 올라가기 시작했다.

수로왕은 라뜨나에게 눈에 보이는 약초나 꽃에 대해 쉬지 않고 물었다.

"이것은 열이 날 때 달여 먹으면 좋은 약초이옵고, 이건 뿌리 부분이 피를 멎게 하는 효능이 있습니다. 저기 나무 밑에 숨은 듯이 핀 꽃은……."

두 사람은 오후 내내 시간 가는 줄 몰랐다. 별일 아닌 일에도 웃음이 터져 나왔다. 둘은 어린 소년과 소녀처럼 웃었다. 그러는 사이 두 사람은 서로에게 친숙해져 갔다. 산을 오르는 두 사람의 머리 위로 꽃잎이 눈송이처럼 흩날렸다.

해가 뉘엿뉘엿 질 무렵에야 두 사람은 산을 내려왔다. 호위 무사들이 산 아래에서 기다리고 있었다. 수로왕의 눈빛에 아쉬움이 가득했다.

집으로 돌아온 라뜨나는 수로왕이 꺾어 준 꽃을 화병에 꽂아 눈에 잘 보이는 탁자 위에 놓았다. 밤늦도록 라뜨나는 얼굴을 붉히며 잠을 이루지 못했다.

그날 이후 라뜨나와 수로왕의 만남이 잦아졌다. 우연처럼 이어지는 개라봉 기슭 들판에서의 만남이었다. 주로 함께 말을 타며 어울렸다.

날이 갈수록 라뜨나의 마음에는 수로왕이 점점 더 크고 넓게 자리했다. 라뜨나는 아침에 눈을 뜨면 수로왕이 있는 궁궐 쪽 하늘을 먼저 바라보았고, 잠들기 전에도 라뜨나의 꿈꾸는 듯한 눈길은 궁궐 쪽을 향하고 있었다.

"우리 공주님, 나날이 고와지십니다."

라뜨나의 머리를 빗겨 주던 아므리타가 나지막하게 말했다. 아므리타의 말처럼 청동거울에 비친 라뜨나의 얼굴은 막 꽃봉오리를 열기 시작한 꽃처럼 어여뻤다.

어느덧 나무에 꽃잎은 떨어지고 연초록 잎들이 싱그럽게 돋아났다.

"산제이, 가야는 한창 자라는 어린아이 같아. 나라가 성장하는 게 눈에 보여. 나날이 강해지는 가야의 힘은 어디서 오는 거지?"

라뜨나는 가야에 대한 모든 것을 알고 싶었다.

산제이가 기다렸다는 듯 라뜨나의 말을 몰고 왔다.

"보셔야 할 곳이 있습니다, 공주님."

라뜨나는 산제이와 함께 들판으로 나갔다. 농부들은 논과 밭에서 부지런히 일하고 있었다.

"공주님, 땅을 내리치는 농부들의 손길이 가볍지 않사옵니까? 농기구지만 다른 곳에서는 무기로 사용할 만한 강한 철이옵니다."

라뜨나는 고개를 끄덕였다.

라뜨나는 산제이가 이끄는 대로 다니며 논과 밭에서 일하는 농부들의 도구를 살폈다. 산제이가 다시 말을 몰아 바닷가로 향했다. 낚싯바늘로 고기를 낚아 올리는 어부나 아낙네들이 물가에서 사용하는 채집 도구들을 유심히 보았다. 라뜨나의 얼굴에 미소가 흘렀다. 산제이가 무엇을 보여 주고자 하는지 알아챘다. 그것은 가야 사람들이 사용하는 일상생활 도구가 다른 나라에 비해 철로 만든 것이 많다는 거였다.

"가야의 힘은 쇠에 있사옵니다. 수로왕께서는 야철지를 극비에 부치고 있으나, 사람들은 쇠를 주워 도구로 사용하고 있습니다. 뿐만 아니라 가야에는 쇠와 관련된 지명이 많사옵니다."

라뜨나와 산제이는 산속으로 들어갔다.

"이곳은 소신이 발견한 곳입니다. 저것을 보옵소서. 이곳은 야철지가 아니지만 쇳조각이 보입니다."

라뜨나는 빠르게 주변을 둘러보았다. 과연 작은 쇳덩이가 돌멩이처럼 굴러다녔다.

"그렇다면 가야 땅 어딘가에 발견하지 못한 철이 더 있겠구나……. 쇠가 가야의 힘이지만 장차 우리의 힘도 될 수 있겠어. 오라버니에게 우리 생각을 알려야겠다. 믿을 만한 자를 한나라로 보내라."

"예! 공주님."

산제이가 활짝 웃으며 자신의 허벅지를 손바닥으로 내리쳤다.

라뜨나는 이 일이 왜와의 교역 같은 또 다른 좋은 일에 쓰일 수도 있을 것이라고 생각했다.

별안간, 라뜨나는 들판에 내리꽂히는 번개처럼 아지가 생각났다. 아지가 수로왕과 날마다 만나는 것을 안다면 충격을 이겨 내기 힘들 것이었다. 미안한 마음과 죄책감이 너울처럼 걷잡을 수 없게 밀려왔다. 라뜨나는 벼락을 맞은 듯 몸을 움직일 수 없었다. 가슴 한가운데로 깊은 슬픔이 스며들었다.

며칠 후, 라뜨나의 명을 받은 잉신이 한나라로 떠난 후부터 가야의 하늘에 먹구름이 잔뜩 끼었다. 바다로부터 거센 바람이 잇달아 불어왔다. 비는 내리지 않았으나 금방이라도 한바탕 쏟아 부을 듯했다. 그러다가도 몰아치는 바람에 밀려 푸른 하늘 한 조각 보였다가 다시 먹구름이 몰려와 가야 하늘을 뒤덮었다. 폭우가 자주 쏟아지는 여름도 아니건만 변덕스런 날씨였다.

아도간 족장은 이방인 아가씨가 안채에 드나드는 것을 알고 있었다. 아지가 라뜨나의 도움을 받았다는 사실을 알고도 모른 척했다. 부인이 나선 일이고 이방인에게 신세졌다는 것을 인정하고 싶지 않았다.
"가난한 사람을 도와주고, 특히 병자들을 잘 돌봐 준다고 칭찬이 자자합니다. 착한 사람들인 게 분명합니다."
부인이 아도간 족장에게 넌지시 아유타인이 행하는 일들을 말했다.
"부인, 모르면 가만히 계시오. 으흠, 이방인들, 조금이라도 말썽을 피운다면 당장 쫓아낼 것이야."
아도간 족장은 무뚝뚝하게 말을 내뱉으며 눈을 치떴다.
그동안 아도간 족장은 수로왕과 아지의 혼인을 서두를 수가 없었다. 수로왕이 혼인을 허락하지도 않았지만 그보다 딸 아지가 자리에 눕는 날이 잦아서였다. 아지의 병은 궁 의원과 아도간 부부만이 아는 일이었다.

아도간 족장은 수로왕과 이방인 소녀가 이미 만난 사이라는 걸 알았을 때부터 신경이 쓰였다. 무엇보다 수로왕이 이방인 소녀를 바라보던 다정한 눈길을 참을 수 없었다. 아지는 수로왕에게 한 번도 그런 눈빛을 받아보지 못했다. 아도간 족장은 할 수만 있다면 이방인들을 가야에서 쫓아내고 싶었다. 그러나 수로왕이 그들을 가야의 백성으로 받아들인 이상 명분이 없었다. 더구나 지난겨울 심하게 하혈하던 아지를 씻은 듯 낫게 한 이방인에게 고마운 마음이 들지 않는 것은 아니었다. 상대도 되지 않는 이방인 상단 따위에 예민하게 구는 것은 아닌지, 아도간 족장은 이방인에게 호의적인 부인의 말을 생각해 보기도 했다. 그러나 이내 고개를 흔들었다. 아도간 족장은 아지를 위해, 부족을 위해 불온한 싹을 잘라내야 한다고 생각했다.

'수로왕에게 배를 빌려 교역을 떠나다니, 술수가 보통 능한 자들이 아니지 않는가.'

아도간 족장은 이방인을 쫓아낼 기회를 노렸다.

어느 날, 아도간 족장의 방으로 남몰래 들어온 사내가 있었다. 이방인 집에 심어 둔 첩자였다.

"쇠부리터를 염탐하고 다닌단 말이지?"

"예, 그들 중 한 놈을 잡아 감금해 놓았습니다."

"잘하였다. 기다리고 있거라."

아도간 족장의 눈이 번쩍 빛났다. 이방인들이 주막에서 야로나 그 곁꾼들에게 철에 대해 묻고 다니고 심지어 야로 마을과 창동(쇠를 보관하는 창고) 나루까지 기웃거린다는 소식이었다.

'걸려들었구나. 이제야말로 수로왕도 마냥 저들을 감싸고돌지는 못할 것이다.'

아도간 족장은 곧장 수로왕에게 달려갔다.

아도간 족장을 본 수로왕은 보일 듯 말 듯 미간을 찌푸렸다. 족장은 모른 척 수로왕 앞으로 나아갔다.

"어인 일이시오? 이 시간에……."

수로왕의 목소리는 담담했다.

'수로왕은 전혀 모르고 있구나, 이럴 때 뒤통수를 쳐야 효과가 있을 것이야.'

아도간 족장은 목소리를 가다듬었다.

"예, 대왕마마, 긴히 아뢰올 말씀이 있사옵니다."

수로왕은 하던 일을 멈추고 아도간 족장을 지긋이 바라보았다.

"대왕께서 나라를 세우실 때 만들었던 쇠부리터는 아무나 접근할 수 있는 곳이 아닙니다."

수로왕의 얼굴이 굳어졌다. 쇠부리터 관리는 수로왕 직속으로 아도간 족장과 함께 극비로 추진하던 나라의 일이었다.

아도간 족장은 잠시 말을 멈추었다. 긴장을 좀 더 높이기 위해 일부러 그리했다. 침묵이 길어지자 수로왕의 눈빛이 짜증으로 사나워졌다. 그 순간을 놓치지 않고 아도간 족장이 말했다.

"이방인들이 야로를 만나고 쇠부리터를 기웃거린다 하옵니다."

"그들이? 무슨 까닭으로?"

수로왕이 깜짝 놀란 얼굴로 물었다.

"아직은 잘 모르옵니다. 하오나 그들은 장사치들입니다. 정황으로 보아 분명 나쁜 마음이 있을 것으로 생각되옵니다."

"그들이 가야에 해로운 일을 한다는 무슨 증좌가 있는 것이오?"

수로왕이 낮은 목소리로 조용히 물었다. 수로왕은 화가 났을 때 목소리가 한층 낮아졌다. 아도간 족장의 얼굴에 흡족한 빛이 어렸다.

"쇠부리터를 기웃거리던 이방인을 잡았사온데 대왕의 허락을 받아 소신이 문초해 볼까 하옵니다."

수로왕은 놀라운 보고에도 불구하고 이내 평상심을 되찾아갔다. 이번에는 수로왕이 침묵했다. 차츰 아도간 족장은 뭔가 잘못되어 가고 있다는 느낌이 들기 시작했다. 불안했다. 긴장한 아도간 족장의 이마에 땀이 배어 나왔다. 침묵의 시간이 흘렀다.

"아도간 족장, 지금부터는 내가 직접 지시하겠노라. 그대는 여기서 손을 떼도록 하라."

아도간 족장은 자신의 귀를 의심했다. 수로왕의 얼굴에 나타난 의심과 분노를 분명 보았다.

'증인을 잡고 있다는 가야의 족장, 이 아도간조차 믿지 않는다는 말인가.'

잠시 멍하니 서 있던 아도간 족장은 곧 정신을 차렸다.

'수로왕은 스스로 조사를 하려는 것이다. 쇠부리터에 대해서는 내가 직접 관여해 왔건만······ 설마하니 이방인을 더 믿는 건 아닐 것이야.'

아도간 족장은 세상 권력의 실체를 본 것 같았다.

하지만 수로왕은 이방인을 믿어서도 아니고 아도간 족장을 못 미더워서도 아니었다. 당연히 그래야 하는 자리. 아무도 믿을 수 없는 자리, 왕의 자리를 지키려는 것이었다. 쇠는 곧 국력이자 권력이니까.

"을불 장군을 불러오라."

문을 나서는 아도간 족장 등 뒤로 수로왕이 내관에게 말하는 소리가 들려왔다.

아도간 족장은 좀 더 이방인들에게 불리한 상황을 만든 다음 수로왕에게 알려야 했던 것이 아닌지 후회가 되었다.

'서로 오해하게 만들 수도 있었는데.'

아도간 족장은 아무래도 너무 급하게 서둘렀다는 생각이 들었다. 궁을 나서던 아도간 족장은 고개를 흔들며 자꾸 뒤를 돌아다봤다.

'하나 의심의 씨를 심어 놓았으니.'

10. 새로운 교역길

왜국과의 관계가 돈독한 교역장 상인에게서 전갈이 왔다. 기다리던 왜국 상단이 들어왔다는 소식이었다.

라뜨나는 왜국 상단을 집으로 초대했다. 통역관과 함께 온 왜인들은 연방 두리번거리며 집 안팎과 잉신들을 유심히 살폈다. 상단 우두머리는 넓게 이마를 드러내어 머리카락을 꼭대기에 틀어 묶고 어깨를 강조한 윗옷과 옆면이 넓고 바느질 자국이 거의 없는 바지에 가죽신을 신고 있었다. 강직해 보이는 얼굴이었다.

"저희는 오랫동안 서역과 교역을 해 왔습니다. 도와주신다면 왜국과도 교역해 보고 싶습니다."

"오랫동안 교역을 하였다니 서로 이로울 수 있겠습니다. 더구나 서역까지 넓게 교역한 상단이라니 오히려 저희가 한 수 가르침을 받아야겠습니다."

왜인은 라뜨나에게 호감을 나타냈다.

라뜨나도 예의바르고 호탕하게 웃는 왜인이 마음에 들었다.

라뜨나는 자신들의 배를 구경시켜 주겠다는 왜인을 따라 나섰다. 교역장은 번화했다. 저마다 다른 옷을 입고 다른 말을 하는 상인들이 전포를 사이에 두고 거래에 열중했다. 교역 상인들은 철정(덩이쇠)이나 판상철부(판 모양의 얇은 쇠로 만들어진 도끼) 꾸러미를 수레에 싣고 덜커덩거리며 지나갔다. 판갑옷을 입은 무사와 고깔모자를 쓰고 긴 저고리와 바지 위에 겉옷을 겹쳐 입은 자들과 철사관(모자)을 쓴 다른 나라 사신의 모습도 보였다. 군졸들이 그 사이를 지나다니며 순찰을 돌았다. 망루에서 무장한 병사들이 이들을 지켜보고 있었다.

다리처럼 길게 만든 선창 주변으로 많은 배가 떠 있었다. 한나라 못지않은 국제 교역항이었다. 교역항 주변에는 객관과 창고가 늘어서 있었고 하역 물건들이 산처럼 쌓여 있었다.

왜인의 배는 통나무 위에 활처럼 휜 목선을 얹은 것이었다.

"바다 건너라고는 하지만 일지국은 가야에서 그리 멀리 않습니다."

통역관의 말이었다. 라뜨나는 목선 위에서 바삐 움직이는 왜인들을 유심히 살펴보았다. 그들은 머리에 두건을 쓰고 폭이 넓은 천으로 몸을 감싸고 있었다. 무심히 그들의 발로 눈길을 보내던 라뜨나는 깜짝 놀랐다. 왜의 하인들은 신발을 신고 있지 않았다. 그들은 맨발로 무거운 짐을 나르고 뛰기까지 했다.

"왜국은 아직 가야보다 문명이 뒤떨어져 있답니다. 왜인들은 뱃길로 가야나 대륙의 문물을 받아들이는 중입니다."

라뜨나가 놀라자, 통역관이 웃으며 설명했다.

'신발을 신지 않는 나라, 그러면서 색감이 풍부하고 아기자기한 공예품을 잘 만드는 손재주가 있는 사람들이 사는 나라. 뭔가 잡힐 듯해. 왜에 대해 자세히 알아봐야겠어.'

라뜨나는 왜에 대해 더 많은 것을 알고 싶었다.

다음 날부터 라뜨나는 아므리타와 산제이를 데리고 꼼꼼하고 세밀하게 각 나라의 교역 관계를 살폈다. 교역장을 누비며 왜에 대해 알아볼수록 앞으로 이문이 남을 만한 거래를 할 수 있는 곳이라는 생각이 들었다.

아직까지 염사치 상단조차 왜국과의 거래는 활발하지 못했다. 기껏 가까운 일지국이나 말로국 정도였다. 라뜨나는 가야에서 멀기는 하지만 왜의 또 다른 나라들과 거래한다면 더 큰 이문이 남을 것이라 확신했다.

'배우고 익히면 못할 일이 무엇이 있겠는가. 분명 막대한 이익이 남을 교역이야.'

라뜨나는 락슈마나의 거처를 찾았다. 락슈마나는 하미드 박사와 함께 있었다. 교역에서 돌아온 지 며칠 안 된 락슈마나는 피곤한 듯 손으로 눈자위를 눌렀다. 라뜨나는 락슈마나를 쉬게 하고 싶었지만 왜국의 일을 한시라도 빨리 알려야 했다. 라뜨나가 락슈마나에게 왜에 관한 자료를 내밀었다.

"오라버니, 이것 좀 보세요. 소녀가 왜국 상단을 만나고 왜국 교역 현장을 면밀히 살펴본 결과⋯⋯ 왜국은 소국들이 무수히 많은, 땅덩이가 큰 곳이니 교역 지역을 넓힌다면 큰 이득이 있을 거예요."

라뜨나가 조사한 것을 살피던 락슈마나는 눈을 점점 크게 떴다.

"공주, 그동안 공주가 추진한 일들이 믿을 만하더니, 더 큰 일을 해냈구나. 내가 수로왕을 만나 봐야겠다."

"이번 일은 소녀가 하겠습니다, 오라버니."

라뜨나는 직접 왜국으로 가 교역의 즐거움을 느끼고 싶었다.

산제이 곁에 잠자코 서 있던 하미드가 나섰다.

"공주님, 왜국은 소국끼리 다툼이 심하다고 합니다. 공주님이 가시기에는 위험하옵니다. 또한 아도간 족장이 우리가 교역 지역을 넓히려는 것을 안다면 틀림없이 방해할 것입니다."

"나라간 교역일에는 항상 위험이 따르지 않습니까. 왜국에 대해 충분히 조사했으니 염려 마세요, 하미드 박사. 그리고 가야를 위해 이익이 된다는 점을 강조한다면 대왕께서 족장을 설득해 주실 겁니다."

"맞는 말이다. 하미드 박사, 유천간 족장에게 기별을 넣으시오."

락슈마나가 잉신들에게 지시했다.

며칠 후, 락슈마나와 라뜨나는 유천간 족장의 도움을 받아 궁궐로 들어갔다.

"허 대인, 예전 북방에 있을 때 청동솥을 보기는 했지만, 그대가 가지고 온 세발 청동솥이 측량까지 할 수 있다고 하니, 가야에 유용하게 쓰일 물건이 될 것이오. 귀한 선물 고맙소이다."

"황공하옵니다. 가야에 도움이 된다면 그것으로 기쁩니다."

"아가씨는 몸이 불편하다더니, 좀 어떠하오? 홀로 말을 타니 허전하더이다."

수로왕이 말을 건네자, 라뜨나는 금세 얼굴이 달아올랐고 저절로 입가에 미소가 번졌다. 하지만 어금니를 꽉 물고 애써 표정을 숨겼다.

아지나 아도간 족장이 수로왕과의 만남을 안다면 가만있지 않을 터. 아무래도 상단까지 영향을 미칠 것이다. 생각 끝에 개라봉으로의 외출을 중단했지만 수로왕에게 다가가고 싶은 마음은 여전했다. 아니 더 간절했다. 그래서 라뜨나는 더더욱 교역에 힘을 기울여 수로왕과 만나지 않으려고 애썼다.

"이제 개라봉으로 말을 타러 나갈 수 있겠지요?"

수로왕은 라뜨나의 변화를 눈치 채지 못한 듯 입초리가 살짝 올라가 있었다.

라뜨나가 수로왕에게 예를 갖추고는 궁에 들어온 용건을 말했다.

"대왕마마, 송구하오나 당분간은 개라봉에 가지 않을 생각이옵니다. 오늘 이렇게 대왕마마를 뵙고자 한 이유는 왜국과의 교역 때문입니다. 가야는 왜와의 교역이 그리 활발하지 못하고 왜국으로 가야 상선이 가는 일은 드물다고 하옵니다. 지금이야말로 적극적으로 나서야 할 때라 사료됩니다. 교역

발전을 위해 소녀에게 왜국과의 교역을 허락해 주십시오."

"그대가 직접 말이오?"

수로왕이 눈을 치떴다.

"예, 왜국은 아직 나라꼴을 갖추지 못해 소국끼리 전쟁이 끊이지 않는다고 들었습니다. 다른 물품 교역에 대한 관심도 크지만 특히 강력한 무기가 될 가야의 철을 필요로 하고 있습니다. 그 점이 우리에게 유리하옵니다."

라뜨나는 새로운 교역로를 뚫어 가야 경제에 도움이 되는 일을 하겠다는데 수로왕이 반대할 리가 없을 것이라 생각하고 흔쾌히 승낙하리라 믿었다. 하지만 수로왕은 침묵했고 끝내 아무 말이 없었다. 라뜨나와 락슈마나는 내관을 따라 그대로 물러날 수밖에 없었다.

며칠 후, 유천간 족장이 라뜨나를 찾아왔다.

"왜국과의 교역을 진행하라는 대왕의 명이오. 하지만 아가씨가 직접 가는 일은 없어야 한다고, 꼭 그리 전하라 명하셨소이다."

라뜨나는 자리에서 벌떡 일어났다.

"유천간 족장님, 대왕마마를 뵙게 해 주십시오."

곁에 있던 락슈마나가 라뜨나의 팔을 잡았다.

"대왕의 뜻대로 왜국행은 다른 잉신을 보내는 것이 어떠하냐?"

락슈마나가 라뜨나에게 속삭였다.

"오라버니께서도 그리 말씀하시면 서운합니다. 소녀 대왕을 뵙고 오겠습니다."

라뜨나는 락슈마나에게 매정하게 대꾸하고는 아랫입술을 지그시 물었다.

유천간 족장을 따라 궁으로 들어간 라뜨나는 수로왕을 만났다.

"아니 되오. 왜국은 멀고 먼 길이오. 허 대인 없이 그대가 직접 가겠다니 그대는 여인의 몸이잖소. 더구나 그 사람들이 사는 방식은 한나라와도 다르고 우리와도 많이 다르오. 내 비록 왜국에 가 보지는 않았지만 그들을 알고 있소이다. 싸움이 끊이지 않는 사나운 나라에 절대로 아가씨를 보낼 수 없소."

"대왕마마, 소녀 나이 열여섯입니다. 무슨 일이든지 할 수 있는 나이이옵니다. 교역 경험 또한 많사옵니다. 열 살 때 고향을 떠나 오라버니와 함께 상단을 꾸려보았고, 수많은 이방인들을 상대로 교역하였사옵니다. 한나라에서 이곳 가야로 오는 뱃길 또한 견디었습니다. 여인이라 안 된다는 것은 닫힌 생각이옵니다."

수로왕은 자신의 열정과 의지를 씩씩하게 말하는 라뜨나를 잠시 넋을 잃은 듯 바라보았다.

"허어, 그것이 아니라……. 아가씨의 안전을 생각해서 하는 말이오. 상단에 있는 다른 사람을 보내시오."

"이 일은 꼭 소녀가 하고 싶습니다. 대왕마마, 자신 있사옵니다."

"아니 되오, 아가씨가 납치라도 된다면 국제 문제가 생긴단 말이오."

"소녀 검술을 익혀 제 몸 간수는 하옵니다. 또한 무예가 뛰어난 무사들이 상단 호위를 하고 있습니다. 소녀 반드시 대왕마마께, 가야국에 경제적 이익을 드릴 것이옵니다."

수로왕이 말을 멈췄다. 라뜨나는 다시 말을 이었다.

"허락하실 때까지 소녀 대왕께 몇 번이고 올 것입니다."

라뜨나의 눈빛은 강했고 입술은 고집스럽게 닫혔다. 두 사람 사이에 침묵이 흘렀다.

한참 후 수로왕이 천천히 입을 열었다.

"그대나 그대 상단 무사들이 용감한 것은 알고 있소이다만 도움이 필요하다면 말하시오."

수로왕의 표정은 담담하였으나 걱정이 한껏 묻어 있는 목소리였다.

수로왕에게 승낙을 받은 라뜨나의 가슴은 끓어오르는 열정으로 팔딱거렸다. 하지만 라뜨나는 락슈마나나 수로왕이 무엇을 근심하는지도 알았다. 교역은 둘째치더라도 사내들이 득실대는, 전쟁이 끊이지 않는다는 왜국으로 간다는 사실이 걱정스러울 것이다. 라뜨나는 반드시 해낼 것이라고 마음을 다잡으며 입술을 앙다물었다. 가벼운 발걸음으로 집으로 돌아왔으나, 이번에는 잉신들의 반대가 만만치 않았다. 뜻밖에도 락슈마나가 선선히 고개를 끄덕였다.

"그래, 그곳도 사람 사는 곳일 터. 안위는 무사들이 있으니 걱정할 것 없소이다. 무사들을 더 늘려 왜로 향하는 첫 출항 상단을 호위하도록 합시다. 괜찮을 것이오. 해 보거라, 공주."

락슈마나가 허락했다. 잉신들 앞에서 라뜨나를 믿을 만한 교역 동반자로 인정해 주었다.

"나는 공주와 그대들을 믿는다. 산제이는 공주를 도와 새로운 교역지로 가도록 하라."

락슈마나가 명쾌하게 잉신들에게 명했다.

첫 왜국과의 교역 진행에 있어 한 치의 오차도 있어서는 안 되었다. 여러 대안으로 철저하게 대비해야 성공적인 거래를 이끌어 낼 수 있었다. 이미 여러 차례 검토했던 일이지만 라뜨나와 락슈마나는 잉신들과 더불어 왜국에 대한 여러 일들을 치밀하게 조사하고 토론했다.

'대왕마마, 교역을 성공시키고 돌아오겠습니다. 우리를 못마땅해하는 족장들이 있지만, 언젠가 우리의 사심 없는 뜻을 알아줄 겁니다. 염려 마옵소서. 또한 대왕을 뵙지 않게 되면, 오래 떨어져 있다 보면…… 어쩌면 대왕을 아지에게 편히 보낼 수 있을지도 모르는 일이지요.'

늦은 밤, 수로왕이 머무는 궁궐 쪽 하늘을 바라보는 라뜨나의 마음은 그 어느 때보다 평온했다.

11. 왕후의 자리

 아도간 족장이 한달음에 수로왕을 찾았다. 이방인에게 왜국 교역길을 허락하다니, 아도간의 눈 밑이 파르르 떨려 왔다.
 "대왕마마, 어찌하여 이방인들에게 그런 혜택을 주시옵니까? 그들의 능력이 아무리 뛰어난들 오래도록 가야에서 거래해 온 염사치 상단만 하오리까. 이방인들에게 왜국 교역권을 독점하게 하시다니오?"
 "독점이라니! 지금 왜국으로 가려는 상단이 있소이까? 그리고 가야국 상권을 독점해 온 것은 염사치 상단이오. 이젠 견제가 필요하오."
 "하오나, 너무 급하옵니다. 나라간의 거래가 하루아침에 이루어지는 것이 아니잖습니까. 분명 부작용이 생길 것이고 백성들에게 그 피해가 고스란히 돌아갈 것입니다. 더구나 왜국 상단에 젊은 여인이라니요? 당치도 않사옵니다."

"그것 또한 그들을 믿소이다. 그 아가씨는 경험이 많소. 그들의 말처럼 오히려 여인이라 이로운 점이 있을지도 모르오."

"하오나 대왕마마, 그들이 넘보는 쇠……."

"아도간 족장, 그 일을 말하지 마라. 내가 직접 조사한다고 하지 않았는가!"

치켜 올라간 수로왕의 눈매에는 분노가 어려 있었다.

더 이상의 대화는 이어지지 않았다. 아도간 족장의 머리가 바쁘게 움직였다. 왜국 교역일을 족장 회의 없이 독단적으로 처리하다니. 이런 일은 처음이었다. 쇠와 교역! 수로왕은 왕권의 힘을 싣고자 하는 것이다. 급한 마음에 달려오기는 했으나, 무조건 아니 된다 할 수도 없는 일이었다. 가야를 위해 이익금을 내놓겠다는 이방인 상단에 대해 명분 없는 반대만 한다는 것은 수로왕의 노여움만 사는 일이었다.

'교활한 장사치들 같으니…….'

아도간 족장은 입맛을 다시며 물러나왔다.

아도간은 자신이 실수했다는 것을 알아차렸다. 이방인의 움직임에 대한 정보는 알고 있었으나 그들을 얕잡아 보았다.

그러는 사이 가야국 상단을 이방인들이 이끄는 듯한 이상한 방향으로 흘러가고 있었다. 아도간 족장은 어금니를 지그시 물었다.

'들고양이인 줄 알았더니 새끼 호랑이일 줄이야.'

문득 아도간 족장의 가슴이 털컥 내려앉았다. 교역일보다 더 큰 일, 마음 깊은 곳에 숨어 있던 불안이 늪의 안개처럼 스물스물 온몸에 퍼졌다.

'아닐 것이야, 그 이방인 계집과 혼인까지는 아닐 게야!'

아도간 족장은 궁궐 문을 나서며 고개를 크게 흔들었다. 딸 아지를 왕후로 만들기 위해 노력을 기울인 것이 몇 해던가. 그런데 이제 와서! 아도간 족장은 모든 것이 무너질 것 같은 두려움에 몸을 떨었다. 아도간 족장의 마음처럼 하늘은 잔뜩 구름이 끼어 어두웠다.

아도간 족장은 궂은일을 도맡아 하는 저잣거리 주막의 사내를 찾았다.

"은밀하게 해 줄 일이 있다."

이미 이런 일에 익숙한 사내가 귀를 아도간 족장에게 가까이 대었다.

"이방인이 받드는 상단 아가씨에게 일이 생긴다면, 왜국행에 지장이 있을 테지……."

"아가씨를 해하라는 말씀……."

사내가 눈치를 보며 말을 삼갔다. 아도간 족장은 큰 기침과 함께 눈을 감았다. 사내는 음흉하게 웃으며 고개를 숙인 후 방을 나갔다.

며칠 뒤 아도간 족장의 방에서 큰 소리가 들렸다.

"실패라니! 무슨 일을 그리 하느냐!"

바닥에 엎드린 사내는 고개를 들지 못했다. 아도간 족장은 탁자에 놓인 옥팔찌와 노리개를 움켜잡았다.

"이따위는 무엇 하러 들고 온 것이냐. 그자들이 움직일 수 없게 만들라 하지 않았느냐."

"그, 그게 무사들이 워낙 뛰어난지라, 그 아가씨의 무술도 보통이 아니었습니다."

사내는 눈알을 이리저리 굴리며 변명하느라 바빴다.

"그걸 말이라고 하느냐? 에이, 으흠……."

아도간 족장은 난감했다. 이런 일은 뒷수습을 잘해야 한다.

"설마 우리라는 것을 알아차리게 한 것은 아니렸다?"

"예, 그런 일은 없을 것입니다. 귀한 장신구를 노리는 교역장 왈패들 짓인 줄 알 것입니다요."

사내는 기어들어가는 목소리를 냈다. 아도간 족장은 사내를 흘겨보았다. 못마땅한 마음에 연방 혀를 차던 아도간 족장의 머리에 간교한 생각이 떠올랐다.

'그렇다면, 바다 한복판! 교역길을 방해해야 되겠구나.'

아도간 족장은 사내에게 염사치 상단에 가서 마소를 불러오라 일렀다. 그자는 본시 해적이었다가 지금은 염사치 상단에서 허드렛일을 하는 늙은이였다. 사내가 돌아가자 아도간 족장은 오래도록 생각을 거듭했다.

남은 방법은 수로왕의 마음을 아지에게 돌리는 수밖에 없었다. 그렇다면 오히려 이방인 계집이 가야에 없는 것이 잘된 일인지도 모른다. 이참에 아지를 수로왕 가까이에 둔다면 아지를 물리치지 못하리라. 수로왕은 혈기 왕성한 젊은이가 아니던가. 아름다운 아지와 자주 만나다 보면 빨리 혼인을 하고 싶어지리라.

아도간 족장은 안채로 건너갔다. 마침 아지가 부인과 함께 있었다. 아도간 족장은 아비라서가 아니라 이 가야 땅에 아지보다 더 고운 여인은 없다고 생각했다. 아지는 지난겨울 이후 건강을 되찾아 꽃봉오리처럼 피어나고 있었다.

"아버지, 대왕마마께서는 편안하십니까? 궁금하옵니다."

아도간은 발그레한 아지의 얼굴을 빤히 바라보았다.

'이 아이가 수로왕을 생각하고 있구나.'

아도간 족장의 마음이 아릿했다.

'하기는 어릴 때부터 대왕과 혼인할 것이라 누누이 일렀으니, 다른 남정네는 꿈에도 생각하지 않고 있을 터. 더구나 나를 닮아 당돌하고 욕심이 많지.'

아도간 족장은 허허롭게 웃었다.

"아지야, 대왕마마가 보고 싶으냐?"

"아버지, 놀리지 마세요."

아지는 앵돌아진 시늉을 하였다. 아도간 부인이 찻잔을 들고 들어왔다.

"부인, 아지의 혼인을 서둘러야겠소이다."

아도간 족장은 자신에게 다짐하듯 말했다.

'가야 왕후의 자리는 반드시 이 아도간 족장의 딸 아지여야 한다.'

아도간 족장은 찻잔을 들어 천천히 입으로 가져갔다.

어느덧 다섯 달이 지났다. 여전히 아지와 수로왕의 관계는 무덤덤했다. 그동안 아지가 궁을 드나들며 온갖 애교를 부려도 수로왕은 누이동생 대하듯 다정하게 웃기만 할 뿐 여인으로 보지 않았다. 아도간 족장의 속은 타 들어갔다. 어느 정도 수로왕의 마음을 잡아야 다른 족장들을 부추겨 혼인을 진행해 볼 터였다. 수로왕의 태도는 예전과 조금도 변함이 없었다.

여느 때처럼 아도간 족장이 아지를 데리고 수로왕을 찾았다. 회랑 아래 항아리 모양의 누각(물시계)이 정오를 가리켰다. 아도간 족장과 아지가 막 자리에 앉으려는데 문이 활짝 열렸다.

"대왕마마, 왜국으로 갔던 상단이 돌아왔사옵니다."

내관이 큰 소리로 아룀과 동시에 라뜨나 상단 일행이 문으로 들어왔다. 황급히 몸을 일으키려던 수로왕이 주변 사람을 의식한 듯 도로 주저앉았다. 수로왕의 얼굴에서 빛이 났다. 조금 전과는 다른 사람 같았다.

"잘 다녀오시었소?"

수로왕의 다정한 눈길이 라뜨나에게 머물렀다.

"예, 대왕마마. 투마국뿐 아니라 야마대국과도 교역하게 되었습니다."

떠날 때보다 야윈 라뜨나의 몸피였다.

"이것을 보옵소서. 야마대국 왕이 야광조개로 만든 국자와 청동방패 꾸미개를 대왕께 선물하였습니다. 또한 왜국에서 남방조개와 질 좋은 소금을 가지고 왔사옵니다. 야마대국은 다른 소국에 미치는 영향이 커서 앞으로……."

갑자기 라뜨나가 바닥에 주저앉았다. 라뜨나의 얼굴에 핏기가 가셨다. 수로왕이 라뜨나 곁으로 재빠르게 내려갔다.

"아가씨, 아가씨! 의원을 부르라, 어서!"

수로왕은 연방 내관을 부르며 호위무사 산제이에게 고개를 돌렸다.

"제가 모시겠습니다. 대왕마마."

산제이가 수로왕 앞으로 나섰다.

"아니다, 문을 열라."

수로왕은 라뜨나를 안고 내실로 들어갔다. 침상에 라뜨나를 눕히자 궁 의원이 황급히 들어섰다. 의원이 진맥을 끝내고 돌아서서 왕께 고했다.

"피로가 쌓여 잠시 혼절한 것입니다. 곧 깨어날 것이니 염려 마옵소서."

그때 라뜨나가 정신이 들었는지 신음소리를 냈다. 눈을 뜬 라뜨나는 손을 잡고 있는 사람이 수로왕인 것을 알고는 깜짝 놀라 황급히 일어나려 했지만 어지러운 듯 그대로 주저앉았다. 산제이가 얼른 나서서 부축했다.

"대왕마마, 소녀가 큰 실수를 하였습니다. 오늘은 이만 돌아가겠사옵니다."

수로왕이 라뜨나를 잡아야 할지 그냥 보내야 할지 안절부

절뭇하며 서성였다. 평소 냉철한 수로왕답지 않은 행동이었다.

이 모든 광경을 바로 앞에서 지켜본 아도간 족장은 기가 막혔다. 수로왕과 이방인 사이에 끼어들 틈이 없었다. 아도간 족장은 넋이 빠진 것처럼 앉아 있는 아지를 일으켜 집으로 돌아왔다. 있어 봐야 아지에게 좋을 것이 없었다.

창백한 아지는 말을 잃었다. 상처받은 아지의 모습에 아도간 족장의 가슴에는 피눈물이 흘렀다.

"걱정 마라, 아비가 해결할 것이야. 아비가."

아도간 족장은 다짐하듯 아지를 안았다.

집으로 돌아온 아지는 분함을 참지 못했다.

'어떻게 대왕께서 그러실 수 있지!'

아지는 생전 처음 느끼는 수모였다.

'수로대왕의 옆자리는 내 자리다. 가야의 왕후는 나란 말이야.'

아지는 마음속으로 목이 터져라 외쳤다. 지금껏 왕후의 자리에 자신 말고 다른 여인이 들어갈 수 있으리라고 생각지 못했다. 여태껏 주위의 모든 사람들이 그렇게 아지를 미래의 왕후로 받들었고 왕의 정혼자로 인정했다. 수로왕 역시 자신을 내치지 않았다. 좋다고 한 일도 없지만 싫다고도 말하지 않았다.

'나는 이제 무슨 짓이든 할 것이다. 그 이방인보다 내가 못한 것이 무엇이란 말이냐. 대왕께서는 어찌 이방인을 귀하게 안을 수 있단 말인가. 내 앞에서!'

온몸의 열기가 얼굴로 몰려 올라왔다. 아지의 눈에 눈물이 고였고 양쪽 뺨이 실룩거렸다.

'저들을 그냥 두지 않으리. 어머니는 은혜를 알아야 한다고 했지만 이건 아니야. 그자들은 장사치일 뿐, 나와는 다른 비천한 것들이야. 수로왕과 어울리는 여인은 가야 땅에 나뿐이란 말이다.'

아지의 가슴에 질투라는 불꽃이 솟구쳐 화산처럼 펄펄 끓었다. 자꾸만 수로왕과 라뜨나의 모습이 눈앞에서 어른거렸다. 가슴이 저며 들고 손발이 오그라들었다. 비명 같은 신음 소리와 함께 몸서리를 치며 머리를 감싸 쥐었다. 아지는 죽을 듯이 괴로웠다. 더 이상 참을 수 없었다. 침상에서 벌떡 일어났다. 손에 잡히는 화병을 바닥에 내동댕이쳤다.

"아무도 없어? 목이 마르다, 물을 가져 와!"

하녀가 문을 열고 조심스럽게 들어왔다. 아지는 하녀를 왈칵 밀어 버렸다. 하녀는 물그릇과 함께 바닥에 나뒹굴었다.

"무엇 하다 이제야 들어오느냐!"

아지는 하녀가 라뜨나인 듯 함부로 대했다. 아지의 눈이 번들거렸다. 질투와 분노 그리고 좌절로 이성을 잃어 갔다.

아지의 눈에 냉혹한 독기가 흘렀다.

'결코 뺏기지 않을 것이다. 무슨 수를 쓰더라도.'

아지는 라뜨나가 선물한 흰 공작 깃털로 만든 부채를 벽을 향해 힘껏 던졌다.

12. 깊어 가는 마음

 라뜨나는 심한 몸살을 앓았다. 고열에 시달려 한동안 자리에서 일어나지 못했다. 왜국에서 몸을 아끼지 않고 일한 탓이었다. 며칠이 지나서야 겨우 몸을 추스르기는 했으나, 교역일은 잉신들에게 맡겨야 했다. 라뜨나보다 먼저 한나라 교역에서 돌아온 락슈마나는 곧바로 야철지로 가고 집에 없었다.

 라뜨나가 미음을 먹을 수 있을 만큼 몸이 회복된 어느 날 오후였다. 시녀가 조심스럽게 방 안으로 들어왔다.

 "공주님, 아지님이 병문안을 왔습니다. 어찌 할까요? 그냥 돌아가시라고······."

 라뜨나는 잠시 생각했다. 궁에서 본 아지의 눈길은 날카롭기가 예리한 칼날 같았다. 하기는 아지의 마음을 이해 못할 바는 아니었다. 어쨌건 수로왕은 아지와 혼약을 한 것이나 마찬가지 아닌가. 라뜨나는 자신이 아지를 만나지 않는다면 또 다른 오해를 낳을 것이라고 생각했다.

"아니다, 모시고 오너라."

라뜨나는 일어나 손님 맞을 채비를 했다. 곧 아지가 시녀를 따라 들어왔다.

"좀 어떠십니까?"

아지는 깍듯하게 예를 갖추며 말했다.

"이제 괜찮습니다. 걱정을 끼쳐 드렸군요."

"대왕마마 앞에서 쓰러지기까지 하다니. 대단합니다, 아가씨."

아지의 말투가 잔뜩 뒤틀려 있었다. 역시 짐작대로 병문안이 아니었다.

"솔직하게 말하겠어요. 나는 대왕마마와 혼인을 앞두고 있어요. 불미스러운 일이 아가씨에게서 나오지 않았으면 합니다. 지금까지야 교역일 때문에 궁을 드나들었겠지만, 이제는 아가씨가 조심해 주셔야겠어요. 보는 눈과 귀들이 많으니까요. 아시겠어요?"

라뜨나는 대답을 하지 않았다. 어떤 말을 해도 얼음처럼 차가워진 아지의 마음을 녹일 수 없을 것이라고 생각했다.

"아버지께서도 아가씨를 많이 걱정하십니다."

아지가 치맛자락을 떨치며 몸을 일으켰다. 자신을 협박하고 있음을 알아챈 라뜨나는 조용히 눈을 내리깔았다.

라뜨나는 아지가 돌아가고 나서도 한참 동안 그대로 앉아 있었다.

라뜨나는 아지가 상처받을까 봐, 연모가 분명한 마음을 다스리고자 수로왕에게서 멀리 떨어지려 했다. 그래서 다섯 달 동안이나 왜국에 머물렀다.

라뜨나는 낮고 긴 숨을 토해 냈다. 고개를 든 라뜨나의 시선이 옥합에 머물렀다. 아유타를 생각나게 하는 옥합이었다. 옥합을 열자 그동안 잊고 있었던 물건이 눈에 들어왔다. 한나라에 있을 때 별채의 손님이 저잣거리에 떨어뜨리고 갔던 금거북 장신구였다. 주인을 알고 있으니 언젠가 돌려주어야 할 물건이었다. 라뜨나는 금거북을 손 안에 감싸쥐었다.

"공주, 어떠하냐?"

락슈마나가 열린 문으로 들어섰다.

"오라버니, 언제 돌아오셨습니까?"

깜짝 놀란 라뜨나가 벌떡 일어나는 바람에 금거북을 떨어뜨렸다. 락슈마나가 금거북을 주워 라뜨나에게 내밀었다. 라뜨나는 귓불까지 발갛게 달아올랐다. 금거북을 감추듯 재빨리 옥합에 집어넣었다.

"수로왕 옷에 달린 장식과 똑같구나……."

락슈마나가 라뜨나를 지그시 바라보았다. 수로왕에 대한 라뜨나의 마음을 알아차린 듯 말이 없었다. 그것도 잠시, 라뜨나의 손목에 드러난 파란 핏줄을 보자 락슈마나의 눈은 허둥대며 어찌 할 바를 몰라 했다.

"이렇게 앉아 있어도 되느냐?"

"이제 괜찮습니다. 바깥출입을 삼가라니 그것이 답답할 뿐이에요."

라뜨나는 조금 전 일이 어색하고 쑥스러워 어리광을 피우듯 말했다. 락슈마나의 얼굴이 딱딱하게 굳어졌다.

"산제이에게 들었다. 왜국으로 가는 길에 해적의 습격을 받았다고?"

"예, 가야 근해를 막 벗어났을 때 해적이 나타났어요. 원래 해적들이 출몰하는 지역이라 경계를 하고 있었지요. 그런데 이상한 것은, 옷차림이 왜 지역 해적이 아니라는 거예요. 한나라 근해에 나타나는 해적인 것 같았어요."

"그래? 해적들이 자기들 활동 지역을 벗어나는 일은 그리 흔치 않다. 참으로 이상하구나. 염사치와 협상한 후로는 우리 상단 배에 해적이라곤 얼씬도 하지 않았는데 말이다."

"오라버니, 알 수 없으니 염사치를 만나면 넌지시 물어보세요. 다시는 이런 일이 없도록 말입니다."

락슈마나가 고개를 끄덕였다.

"어쨌거나 피해가 없어 다행이다."

락슈마나는 낮은 목소리로 말을 이었다.

"하미드 박사와도 의논했지만 상단을 본격적으로 움직여 볼까 한다. 아유타로 들어가는 자금이 만만치 않구나. 다음 교역 때는 아미산 사찰에서 은밀하게 만든다는 여름 옷감에 대해 알아볼 작정이다. 내륙 국가들의 상류층을 겨냥한다면 큰 이문이 남을 것이야."

"예, 그렇겠습니다. 소녀가 하는 왜국과의 교역도 아유타에 도움이 될 것입니다."

락슈마나가 흡족한 표정으로 라뜨나를 바라보았다.

"공주, 중요한 일이 있다. 이번에 한나라에서 새로운 철기 공법을 아는 야로를 데려왔단다."

"야로를요? 혹여 족장들의 오해가 있을까 두렵습니다."

"걱정 마라, 계획이 있느니라. 하미드 박사가 야철지를 돌아보고 오면 잉신들과 충분히 외논을 하자꾸나."

"예. 참, 오라버니. 이번 왜국 교역 후에 무엇보다 마음이 놓이는 일이 있어요. 산제이가 '무사는 전쟁 중인 아유타로 돌아가야 한다'는 말을 늘 입버릇처럼 중얼거렸는데 더 이상 그런 말을 하지 않아요. 이제 가야에 정을 붙인 것 같아요. 나 때문에 고향을 떠난 잉신이라 그동안 늘 마음이 아팠어요."

"누가 뭐래도 산제이는 충신이지."

그때였다. 시녀가 넘어질 듯 문을 벌컥 열었다.

"대, 대왕마마께서 오십니다."

순간 라뜨나는 얼굴이 새빨개져 락슈마나를 바라보았다.

라뜨나는 얼른 머리와 옷매무새를 가다듬었다. 락슈마나가 자리에서 일어나 방문을 여니, 수로왕이 별채로 들어서고 있었다.

"몸은 어떠하오?"

수로왕의 목소리가 무척이나 부드러웠다. 라뜨나는 어질증이 밀려와 얼른 대답할 수 없었다.

"많이 좋아졌나이다. 대왕마마께서 저희를 잊지 않고 보살펴 주셔서 감사드리옵니다."

락슈마나가 곁에서 인사말을 대신했다.

"그래요? 다행이오."

그제야 수로왕이 주위를 휘둘러보았다. 고향을 그리워하는 잉신들이 집 주변과 마당을 아름답게 꾸며 놓았다. 라뜨나의 움집과 다락집 앞마당에는 오층 석탑과 은난초, 얼레지, 설앵초 같은 가야의 산꽃들이 피어 있었다.

수로왕이 문기둥의 장식에 눈길을 보내며 라뜨나에게 물었다.

"저 물고기 두 마리는 무슨 의미가 있는 것이오?"

"예, 태양을 다스리고 가뭄과 홍수로부터 인간을 보호하는 수호신이옵니다."

"오호, 물고기 수호신이라."

수로왕은 쌍어문을 다시 한 번 자세히 살펴보았다.

수로왕이 자리에 앉자, 아므리타가 표주박 모양으로 된 찻주전자를 들어 차를 따랐다.

"드시옵소서. 고향에서 가져온 차이옵니다."

라뜨나가 차를 권했다. 찻물을 입 안에 담은 수로왕은 미소를 짓더니 꿀꺽 한 모금 삼켰다.

"차 맛이 좋소이다. 쌉쌀한 듯하나 뒷맛이 달콤하오."

"아유타의 죽로차이옵니다. 지난봄, 밭에다 차 모종을 심었습니다. 이곳 가야 사람들도 아유타의 차 맛을 보게 하고 싶었사옵니다."

"그랬소이까? 병자를 시료해 주고 있다는 내관의 말을 들었소이다만 아가씨의 마음씀씀이 참으로 곱구려."

수로왕의 눈에 따사로운 빛이 일렁였다. 민망해진 라뜨나는 얼른 고개를 돌려 락슈마나를 바라보았다. 그러자 수로왕이 락슈마나에게 말을 건넸다.

"허 대인, 이번 교역도 만족하오. 왜와의 교역 또한 짧은 시간에 이렇게 성공할 줄은 몰랐소이다. 그대들에 대한 칭찬이 자자하오이다."

"대왕마마! 가야의 교역을 넓히려면 내륙 교역에도 관심을 가져야 합니다. 저희는 강으로의 교역을 대규모로 시도해 볼까 합니다. 육로보다 빠르고 내륙 깊숙이까지 들어갈 수 있는 장점이 있지요."

"좋은 생각이오. 이 일은 궁에서 더 의논하기로 합시다."

수로왕이 자리에서 일어났다. 너무 오래 머문다면 또 말들이 많을 터였다. 아유타인들이 가야에 많은 도움을 준다는 걸 알면서도 족장들의 눈길은 곱지 않았다. 라뜨나는 수로왕의 심정을 충분히 헤아렸다.

사립문으로 향하던 수로왕의 발길이 멈췄다. 수로왕은 바깥채 마당 토방 위에 나무 신발과 짚신들이 흐트러져 있는 것을 유심히 보고 두런거리는 말소리에 귀를 기울였다.

"허 대인, 무엇을 하는 곳이오?"

수로왕의 물음에 락슈마나가 방문을 열어 보였다. 아낙네와 아이들이 모여 있는 넓은 방과 노인들 방이 있는 공동 작업장이었다. 수로왕이 방문한 줄 모르고 있던 공동 작업장의 사람들이 깜짝 놀라 마룻바닥에 부복했다. 한 쪽에는 방추차가 여러 대 있었고, 다른 한 쪽에는 바구니와 밧줄이 어지럽게 널려 있었다.

"집집마다 따로 하던 일을 한곳에 모았습니다. 베를 짜거나 바구니와 신발 또는 밧줄을 엮는 일입니다. 공동 작업장에서 나오는 물건은 전포를 통해 뱃사람에게 팔고 또 왜국 사람들에게 선물을 해 왔습니다."

"그런 일을 하였소이까? 그대들이 진정으로 이 나라를 돕는구려."

수로왕의 눈빛은 무한한 고마움을 담고 있었다.

수로왕은 발길을 돌려 천천히 작업장을 살피며 그곳에서 일하는 사람들의 이야기를 들었다.

그로부터 반 시진이 지나서야 궁으로 돌아가기 위해 수로왕이 말에 올라탔다.

"아가씨, 몸이 회복 되는 대로 허 대인과 함께 궁으로 들어오시오."

수로왕의 흑마가 울음소리와 함께 궁궐을 향해 달려 나갔다.

"오라버니, 어찌 쇠에 대해서는 말씀하지 않으셨습니까?"

"쇠에 대해서는 조심스럽구나. 궁에 들어가면 정식으로 아뢸 것이다."

락슈마나가 조용히 말했다. 라뜨나는 어서 기운을 차려야 왜와의 교역에 힘을 쏟을 수 있을 것이라고 생각했다. 라뜨나는 교역이라는 것에 생각이 미치자 온몸에 새로운 힘이 솟는 것 같았다.

며칠 후, 궁으로 들어간 라뜨나와 락슈마나는 수로왕을 만났다.

"대왕마마, 소승이 이번에 한나라에서 야로 몇 사람을 데려왔나이다. 새로운 공법을 알고 있는 솜씨 좋은 야로이옵니다."

"야로를?"

"예, 사실 저희는 가야 땅 곳곳에 숨어 있는 야철지를 찾아다녔고 그 야철지에서 철의 강도를 시험하고 있나이다. 하나 저희가 찾은 곳은 야철지라 하기에는 보잘 것 없습니다. 야로의 말이 왕실의 쇠부리터를 직접 볼 수 있다면 도움이 될 것이라 하옵니다. 가야의 철에 대한 수준을 한층 높일 수 있는 기회가 아닌가 하옵니다."

"쇠부리터는 극비에 부치고 있는데, 어찌 그대들이 함부로 쇠에 대해 논하는가?"

수로왕의 눈이 가늘어지는가 싶더니, 목소리가 한층 낮아졌다.

"대왕마마, 상인이라면 누구나 품질 좋은 가야의 철을 탐내옵니다. 그래서 좀 더 많은 철을 확보하려고 가야 교역항으로 모여드는 것이 아니옵니까? 그들이 원하는 것은 무기로 사용할 수 있는 단단한 철입니다만 가공한 철무기를 더 많이 만들어 파는 것이 가야로서는 이익이옵니다. 저희는 한나라 야로들이 새로 개발한 철무기를 가야에서 충분히 만들 수 있다고 판단했사옵니다. 그들이 만든 철무기가 기존 무기보다 강한지 시험해 보고자 야로를 데려왔고 야철지를 찾아다닌 것입니다. 이는 오로지 가야의 힘을 강성하게 하고자 하는 충정이옵니다."

락슈마나가 조근조근 설명했다.

"그대들이 야철지를 탐색하고 있는 것을 이미 알고 있었다. 그대들의 생각을 알았으니 물러가라."

수로왕의 목소리는 차갑고 단호했다.

'무서운 분이로다. 이미 우리가 무엇을 하는지 알고 있었다니……. 지난 수개월 동안 내색하지 않고 대했다는 말이 아닌가.'

라뜨나는 온몸에 소름이 돋는 것을 느꼈다.

두 사람은 그대로 궁을 나올 수밖에 없었다.

"오라버니, 괜한 일을 하였을까요?"

"아니다, 쇠는 권력이자 곧 국력이기도 하다. 수로왕은 우리의 마음을 알아주실 분이다. 이미 조사를 하고 있었다면 더더욱 오해하는 일은 없을 것이다. 걱정 마라. 하미드 박사 말이 맞았구나. 수로왕께서 이미 알고 계실 것이라 했어."

락슈마나의 얼굴은 밝았다. 하미드 박사가 짐작하고 있었다면 걱정할 일은 없었다.

이 순이 지난 어느 날 오후, 을불 장군이 찾아왔다.

"잘 계시었소? 차를 마시고 싶어 들렀소이다."

"어서 오십시오. 장군님."

라뜨나가 을불 장군을 반갑게 맞이했다.

"역시 아가씨가 끓여 주는 차가 최고입니다. 쌉쌀 달큰한 이 맛 말이오."

"그렇습니까. 언제든 오십시오."

라뜨나가 다정하게 답했다.

"예전 이야기를 하나 들려드리다."

을불 장군이 찻잔을 내려놓고 말을 이었다.

"우리 대왕께서 나라를 세울 무렵이외다. 가야 주변에는 크고 작은 전쟁이 끊이질 않았소. 그중 토해(훗날 신라 탈해의 또 다른 이름)가 가장 큰 골칫거리였지요. 용맹한 가야 장수들을 보냈으나 토해의 병사들은 강했소. 그래서 수로왕께서 직접 나섰지요. 토해는 술수를 썼으나 수로왕을 이길 수 없었소. 패배한 토해는 가야를 침범하지 않겠다고 맹세했고 수로왕께서 토해를 살려 주었소. 그로 인해 토해보다 약했던 다른 소국들도 스스로 물러났지요. 수로왕의 지략과 가야가 가진 철로 인해 소국들을 제압할 수 있었소이다. 결국 철무기가 나라의 힘이었소. 하나 여전히 가야 주변에서는 간간이 전쟁이 일어나고 있습니다."

"예, 알고 있습니다."

락슈마나가 진지하게 대답했다.

"사실은 수로대왕의 명을 받고 왔소이다."

"짐작하고 있었습니다."

락슈마나와 라뜨나가 공손하게 두 손을 앞으로 맞잡았다.

"쇠부리터와 야로, 그대들의 훈련병들을 수로대왕께서 자세히 살펴보셨소이다. 허 대인이 대단한 야로들을 데리고 오셨더이다. 철제무기 제조기술은 물론 덩이쇠의 끝을 벌어지게 다루어 필요에 따라 잘라서 쓸 수 있게 만들다니, 대단하오. 대왕께서는 허 대인이 데려온 야로를 통해 더 강한 철무기를 만들기를 원하시오. 또한 배를 만드는 일꾼들을 보시고는 수군을 증강하라 명하셨소이다."

"예, 성심을 다해 돕겠나이다."

"산제이 무사는 나와 함께 가야의 수군을 훈련시킬 것이오. 그대 무사들은 바다에서 싸운 경험이 많으니 수군을 훈련시키는 데 도움이 될 것이라며 대왕께서 명하신 일이오."

뜻밖의 제안에 라뜨나는 귀를 의심했다. 가야의 군사를 움직일 수 있다니. 라뜨나가 락슈마나를 잠깐 바라보았다. 락슈마나의 얼굴에 미소가 떠올랐다가 금세 사라졌다.

"수로대왕의 뜻을 받들겠나이다."

락슈마나가 공손하게 고개를 숙이자, 을불 장군이 다가와 락슈마나의 어깨를 다정하게 툭툭 쳤다.

"그대들과 일할 수 있어 나도 기쁘오."

을불 장군의 호탕한 웃음소리가 별채에 가득 퍼졌다.

"아, 그리고 대왕께서 목재에 관해 하실 말씀이 있다고 하니 지금 궁으로 들어가시지요."

락슈마나와 하미드 박사는 을불 장군을 따라 자리에서 일어났다.

그로부터 오 순이 되던 날이었다. 수로왕의 명을 받은 락슈마나와 하미드 박사는 수군의 배를 만들 목재 수입을 위해 먼 교역길을 떠났다.

락슈마나의 배가 교역항을 떠날 때 라뜨나는 눈으로나마 좀 더 배웅을 하려고 바다와 맞닿은 절벽으로 말을 달렸다. 떠나가는 배를 보니 저절로 고향 생각이 났다. 라뜨나는 눈에 눈물이 어리는 것을 느꼈다. 아유타는 언제 끝날지 모르는 월지족과의 전쟁 중이니 모두들 고통이 오죽할까. 라뜨나는 배가 새끼손톱만큼 작아졌을 때에야 절벽을 내려와 개라봉 들판으로 말을 몰았다.

"어머머, 소녀는 무섭습니다. 내려 주십시오, 마마."

"말 타고 싶다고 조를 때는 언제고 내리겠다니, 아니 되오."

어리광이 잔뜩 묻어 있는 여인과 호쾌하게 웃음을 터뜨리는 남자의 소리가 들렸다. 귀에 익은 목소리였다. 곧이어 모퉁이를 돌아 흑마가 라뜨나의 눈앞으로 다가왔다. 그 뒤를 호위무사들이 따르고 있었다. 라뜨나가 본 것은 흑마 위의 수로왕과 아지였다.

수로왕이 잔뜩 겁먹은 아지를 놀리며 웃고 있었다. 소년 같은 표정이었다.

흑마가 다그락 말굽을 굴리며 두어 번 제자리걸음을 하였다. 웃음을 터뜨리던 수로왕이 느슨해진 말고삐를 바투 잡았다. 수로왕의 눈길이 앞을 향했다. 라뜨나를 발견한 수로왕의 얼굴이 굳어졌다. 수로왕의 눈길을 따라 아지가 라뜨나 쪽으로 고개를 돌렸다.

"어머, 아가씨!"

아지가 반가운 듯 라뜨나에게 손을 흔들었다. 겉과 속이 다르게 행동하다니, 라뜨나는 처음으로 아지를 경멸했다.

"아가씨는 말 탈 줄 아네. 난 대왕께서 태워 주시는데도 이렇게 무서운데, 역시 사내들 틈에 사는 여인이라 다르네요. 그렇지요? 대왕마마."

아지의 말이 이어졌다.

"대왕마마께서 날마다 말 타는 것을 가르쳐 주신다고 약속했답니다."

문득 아지가 입을 다물었다. 수로왕은 아지의 말을 듣고 있지 않았다. 그것을 알아챈 아지의 눈빛은 아도간 족장의 눈빛과 닮아 있었다.

"말, 을…… 타러 온 게요?"

수로왕의 물음에 그제야 라뜨나는 고개를 숙여 예를 취했다.

"소녀 물러가겠나이다, 대왕마마."

고개 숙인 라뜨나의 가슴속은 폭포수가 떨어지듯 콰르릉

거렸다. 머리는 먹먹했고 심장이 터질 것 같았다. 라뜨나는 곧장 말머리를 돌리며 입술을 감춰물었다.

수로왕 일행의 모습이 보이지 않는 곳에 이르자, 그제야 라뜨나의 눈에 눈물이 솟구쳤다. 서로 마주보며 활짝 웃던 수로왕과 아지의 모습이 눈앞에 아른거렸다. 그 모습은 돌개바람처럼 라뜨나의 마음을 뒤죽박죽으로 흔들어 놓았다.

그날 이후, 라뜨나는 몇 날 며칠 밤을 꼬박 새웠다. 누워도 잠이 오지 않았고 음식을 먹을 수도 없었다. 라뜨나는 칼날에 무참히 찔린 짐승처럼 마음 가득 피가 흘렀고, 고통스러웠다.

그런데도 미시(13시-15시)가 되면 라뜨나는 자기도 모르게 개라봉 들판을 달렸다. 수로왕과 마주쳤고 흑마는 멈췄다. 수로왕 주변에는 늘 사람들이 있었다. 홀로 집으로 돌아오는 길은 외롭고 쓸쓸했다.

13. 파사의 석탑

 붉은 깃발이 파르르 떨었다. 이제 붉은 깃발은 라뜨나에게 아유타인이라는 자부심과 가야인으로 함께 어울려 살아간다는 자긍심을 느끼게 해 주는 상징이 되었다.

 라뜨나는 마당으로 내려서며 석탑에 눈길을 돌렸다. 석탑은 무심히 서 있었다.

 사각형의 오층 석탑은 서른 자 높이였다. 붉은빛이 감도는 석탑은 역삼각형 모양으로 아래는 좁고 위로 올라갈수록 넓었다. 각층 지붕은 끝이 맵시있게 올라가 있었다. 탑신의 아래층에는 아유타 문자가, 맨 위층에는 쌍어와 연꽃 문양들이 조각되어 있었다. 탑의 머리장식에는 수정구슬이 박혀 있어 햇빛을 받으면 오색으로 빛났다. 기단과 탑신은 해체와 조립이 가능했다. 아유타 최고의 석공들 솜씨였다.

라뜨나는 석탑으로 다가갔다. 요즘 왜와의 교역 전포에 나가는 일 외에는 늘 석탑 주위에서 맴돌았다. 습관처럼 석탑을 쓰다듬다가 깜짝 놀라 뒤로 물러났다. 눅눅하고도 서늘한 무엇이 온몸을 훑고 지나갔다. 어제와는 손끝으로 느껴지는 느낌이 달랐다. 라뜨나는 고개를 갸웃거리며 석탑을 아래에서부터 위까지 살펴보았다. 붉은 반점이 더 붉게 보였다. 석탑에 코를 가까이 대어 냄새를 맡았다.

"고약하군, 어제보다 더 역해."

라뜨나는 얼굴을 찡그리며 중얼거렸다. 갑자기 주위가 어두컴컴해졌다. 거먹구름이 몰려오고 있었다. 금방이라도 폭우가 쏟아질 것처럼 보였다. 또다시 동쪽에서 세찬 바람이 불기 시작하자 거먹구름은 빠르게 달아나 버렸다. 푸른빛 조각 하늘과 해가 눈부셨다.

'날씨가 왜 이리 변덕스럽지? 이런 날씨가 계속되면 곡식도 여물지 않을 것이고 모두가 힘들 텐데……'

라뜨나는 천천히 석탑을 돌았다. 불현듯 눈앞에 개라봉 들판에서 만난 수로왕의 모습이 이내처럼 아른거렸다. 라뜨나가 만난 그의 얼굴은 기쁨으로 붉어졌으며 빛이 났다. 라뜨나는 수로왕의 마음을 온몸으로 느낄 수 있었다.

생각해 보면 방법이 있을 것이다. 서로에 대한 마음이 변치 않는다면 족장들을 설득시킬 방법은 있을 것이다. 라뜨나는 가슴 밑바닥을 치고 올라오는 강렬한 힘을 느꼈다.

'두려워 마라, 포기하지 않는다면 이루어 내리니.'

어머니의 목소리가 어디선가 들리는 듯했다. 라뜨나는 석탑을 돌며 마음을 고요히 가라앉혔다.

울타리 너머 바깥에서 사람들의 떠들썩한 말소리가 들려왔다. 이어 대문이 열리며 락슈마나가 잉신들과 함께 들어섰다. 라뜨나는 한걸음에 달려갔다. 이들에게는 바닷바람처럼 자유롭고 힘 있게 움직이는 상쾌함이 배어 있었다.

"바닷길 소문이 험하여 걱정했습니다. 오시는 길은 힘들지 않으셨는지요?"

"예, 공주님. 한나라 남쪽 지역에는 홍수와 태풍이 있었다는데, 우리 상단이 한나라 근해를 벗어날 즈음엔 바람이 거짓말처럼 사그라졌습니다. 하여 별 어려움이 없었습니다."

락슈마나 곁에 있던 하미드 박사가 대답했다. 일행은 다른 때보다 더 왁자하게 반가운 인사를 주고받으며 거처로 들어갔다.

"아도간 족장 쪽은 별 움직임이 없었느냐?"

락슈마나가 자리에 앉으며 물었다.

"예, 수로왕께서 힘이 되어 주십니다. 일은 잘되었습니까?"

수로왕이라는 말에 라뜨나를 바라보는 락슈마나의 얼굴은 어두워졌다.

"야마대국을 드나드는 상단 사람에게서 아도간 족장에 대한 이야기를 들었다. 아도간 족장이 왜국과 덩이쇠 밀거래를 한다더구나."

"예에? 그것은 엄청난 비밀이군요. 가야 조정에 혼란을 가져올 일이잖아요?"

"쉿, 이 일을 수로왕이 알까 두렵구나."

"오라버니, 아도간 족장은 수로왕에게 있어 정적이자 없어서는 안 될 동반자예요. 섣불리 잘라 내려 해서는 안 됩니다. 두고 보는 것이 좋겠어요."

그때 시녀가 문을 열었다. 바깥바람이 윙윙거리며 마당을 휩쓸고 지나갔다.

"유천간 족장님께서 오셨습니다."

락슈마나와 라뜨나가 자리에서 일어나 족장을 맞았다. 락슈마나를 본 유천간 족장이 환하게 웃었다.

두건이 날아간 유천간 족장의 긴 머리카락은 제멋대로였고 구겨진 옷에 옷고름은 풀린 채였다. 유천간 족장이 자리에 앉으며 옷매무새를 가다듬었다.

"대인께서 돌아오셨구려. 잘되었소. 궁으로 들어오라는 대왕의 명이시오. 교역물품에 관해 궁금한 것이 계신 듯하오."

"예, 그리하지요. 저희도 대왕께 보고 드릴 일이 있으니 곧 찾아뵙겠습니다. 그런데 족장님, 저희가 가야항으로 들어올 때만 해도 바람이 거의 없었는데, 괜찮으십니까?"

락슈마나가 마른 수건을 족장에게 건네며 물었다.

"태풍이 몰려오고 있다고 하더이다. 지금은 바람이 거세고 잠깐 누리(우박)까지 내렸소."

유천간 족장이 고개를 흔들었다.

"예, 소승도 파도가 심상치 않다고 느꼈습니다. 요 근래 날씨가 유난스러워 뱃사람들조차 예측할 수 없다고 합니다."

"족장님, 염려 마십시오. 저희에게 파도와 바람을 잠재우는 파사의 석탑이 있습니다. 간절히 기도하면 틀림없이 태풍을 피할 수 있을 것입니다."

두 사람 대화에 끼어든 라뜨나가 유천간 족장에게 야무지게 말했다.

"석탑이요? 그럴 수만 있다면 얼마나 좋겠소."

유천간 족장이 미심쩍은 얼굴로 라뜨나를 바라봤다.

"폭우와 폭풍, 홍수 대비는 철저히 하셔야 합니다. 하오나 바다가 넘치는 일은 없을 것이니 안심하십시오. 대왕께 그리 전해 주세요."

라뜨나가 자신 있게 대답했다.

"전해 드리는 거야 어렵지 않소이다만, 하늘이 하는 일이라…… 하긴 신녀를 보면 간혹 신통한 일이 있기는 하더이다."

유천간 족장이 고개를 갸웃거리며 궁으로 돌아갔다. 바깥은 오가는 사람이 없었고 개 짖는 소리가 요란했으며 사나운 바람만 가야의 하늘과 땅을 이리저리 휘젓고 있었다.

락슈마나가 근심에 찬 얼굴로 라뜨나에게 말했다.

"무슨 생각이냐? 진풍탑(파도와 돌풍 그리고 비를 잠재우는 석탑)이라고는 하지만 하늘의 일은 알 수 없는데 어찌 단정하였느냐?"

"소녀가 정성을 다해 기도할 것입니다. 염려 마십시오. 오라버니, 이것은 가야 사람들의 마음을 움직일 천시이옵니다. 아직까지도 우리에게 곱지 않는 시선을 보내는 사람들이 있으니까요."

라뜨나는 걱정 말라는 표정으로 락슈마나에게 미소지었다.

"아므리타, 집 안에 있는 모든 사람을 불러오너라."

라뜨나의 명으로 잉신들과 하인들이 석탑 주위로 모였다.

먹구름이 하늘 저 멀리에서 몰려오고 있었다. 마른 번개가 번쩍거렸다.

"먼 바다에서부터 파도와 바람이 몰려오고 있어요. 이제 곧 감당 못할 폭우가 쏟아질 것입니다. 우리가 살고 있는 이 땅, 가야의 일은 곧 우리의 일입니다. 노한 파신께 한마음으로 기도해야겠어요."

그즈음 벌써 며칠째 하늘을 휘젓고 다니는 심상치 않는 강풍과 먹구름에 가야 사람들은 두려워했다. 사람들은 되도록 바깥출입을 삼가고 문을 꼭꼭 걸어잠갔다. 어쩌다 거리에 나갔더라도 어깨를 움츠리며 종종걸음 쳤다. 불과 몇 년 전에 거센 폭풍우로 배가 형체도 없이 부서지고, 마을이 초토화되었던 기억이 선명했기 때문이었다. 불안에 떠는 사람들의 마음이 가야의 하늘에 떠돌았다.

다음 날이었다. 하늘은 금방이라도 비가 몰려올 듯 컴컴했다. 먹구름과 바람의 방향을 유심히 살피던 라뜨나가 다시 명했다.

"우리가 처음 제를 올렸던 곳에 석탑을 내어 놓아라."

하인들이 바다가 내려다보이는 산기슭에 석탑을 옮겨 놓았다. 라뜨나가 붉은 깃발을 땅에 깊숙이 박았다. 깃발은 바람의 방향에 따라 이리저리 펄럭였다.

그때 저 멀리 바다에서 먹구름이 잔뜩 낀 하늘을 향해 물기둥이 솟아올랐다.

"용오름이다. 상서로운 용이 하늘로 승천하고 있는 것이야."

누군가 소리쳤다. 몇몇 사람들이 바다를 향해 절을 했다.

먼 바다로부터 성난 파도가 산처럼 몰려왔다 스러졌다. 수평선 가득 번쩍거리며 내리꽂히는 번개와 천둥소리는 죄 없는 사람들조차 오금을 저리게 했다.

잉신들이 석탑 위에 사방이 뚫린 천막을 단단하게 둘러 씌웠다.

흰 바탕에 깃과 소매를 금실로 수놓은, 아유타에서 제의 때 입는 옷으로 갈아입은 라뜨나는 석탑 앞에 꿇어앉았다. 락슈마나도 그 옆에 꿇어앉았다. 석탑에 신비한 붉은빛이 감돌았다.

"바람의 신이시여. 노여움을 거두소서. 파도의 신이시여, 가야 땅에 신의 노여움이 닿지 않게 해 주옵소서. 파신들이여, 저희를 도와주소서."

라뜨나의 기도는 간절했다.

"노여움을 거두소서. 거두소서."

사람들이 함께 소리쳤다.

밤이 깊어 갔다. 하늘에서 굵은 빗방울이 떨어졌다. 라뜨나의 간절한 기도는 계속 이어졌다. 사람들이 지쳐 잠이 들고, 락슈마나조차 꾸벅꾸벅 졸았으나 라뜨나는 기도를 멈추지 않았다. 차가운 비바람은 라뜨나의 몸속으로 파고들어 온몸을 얼어붙게 하였다. 천막으로 비는 어느 정도 막을 수 있었으나 바람은 사방에서 들어왔다. 라뜨나는 입술을 꼭 다물고 추위를 견뎠다.

어느덧 희뿌염한 새벽이었다. 뼛속까지 한기가 스며들었다. 이제 그만해도 되지 않을까 싶은 마음이 간절해질 때였다. 누군가 소리 없이 조용히 다가와 라뜨나의 어깨에 겉옷을 걸쳤다. 수로왕이었다. 왕이시여, 나의 왕이시여. 라뜨나의 눈에 물빛이 서렸다.

'고맙소, 가야를 위해 제를 드리는 그대의 정성, 잊지 않으리다.'

빗방울이 흩날려 수로왕과 라뜨나의 얼굴을 때렸다. 라뜨나가 다시 두 손을 모으고 석탑을 향해 절을 했다. 수로왕은 몇 걸음 뒤로 물러나 앉았다.

"공주님, 아도간 족장이 기도를 멈추게 하려고 온 듯합니다만 수로대왕 때문에 방해하지 못하고 있습니다."

아므리타가 소리없이 다가와 라뜨나에게 속삭였다.

'아도간 족장, 나는 온 힘을 다할 것이다.'

라뜨나는 두 눈을 번쩍 뜨고 자리에서 일어났다. 두 손을 모으고 석탑을 돌기 시작했다. 수로왕이 그 뒤를 따랐다. 라뜨나는 석탑을 돌고 또 돌았다. 마음을 다하여, 파사의 석탑에게 빌었다. 태풍이 물러가기를, 가야인들의 터전을 지켜 주기를.

라뜨나가 다시 고개를 들었을 때 수로왕은 없었다. 수로왕이 있던 자리에 다른 사람들이 탑을 돌고 있었다. 그 사람들 너머 아도간 족장의 날카로운 두 눈이 라뜨나를 지켜보고 있었다. 그 옆을 몇몇 족장들이 함께했다.

날이 환하게 밝자, 신비한 석탑을 보려고 사람들이 몰려들었다. 비가 오다가 그치기를 반복하였다. 그러기를 이틀. 서서히 파도가 밀려가고 거짓말처럼 바람이 잠잠해졌다.

"이럴 수가, 과연 파사의 석탑이로다."

잉신들조차 감탄하며 석탑을 향해 허리를 굽혔다.

"신기하고 신기하다. 잡아 묵을 듯이 덤벼들던 파도가, 바람이 순해지다니. 아가씨의 기도가 하늘에 닿은 것이야. 아가씨의 정성과 석탑이 우리를 살렸어."

"아, 몇 해 전에도 노한 바다신이 사람이고 집이고 모조리 다 쓸어 가지 않았는가. 아가씨가 아니었으면 어쩔 뻔했나."

"그려, 맞아. 파사의 석탑이라더니, 참말로 영험하다. 소문 들었어? 아가씨가 올 때도 저 석탑이 바닷길을 열어 가야 땅에 오게 됐다던데."

"듣자니까, 바다 용왕님한테 얻은 돌이라더라."

가야 사람들의 석탑에 대한 관심은 점점 높아졌다. 소문은 꼬리에 꼬리를 물고 퍼져 나갔다.

"공주, 태풍이 해안까지 오지 않으리라는 것을 어찌 알았느냐?"

락슈마나의 물음에 라뜨나가 미소지었다. 그 어느 때보다 눈빛이 맑고 투명했다.

"오라버니가 돌아오신 날, 한나라 남부에 홍수와 태풍이 있었는데, 근해에서는 사그라졌다고 했잖아요. 구름의 방향과 그동안의 가야 날씨를 비추어 볼 때 이번 태풍은 가야 해안까지 안 올 거라 짐작했어요. 한나라 서책으로 풍향에 대한 공부도 따로 하였구요."

라뜨나는 락슈마나에게 두터운 서책을 건넸다. 서책엔 천문에 관한 정보뿐 아니라 바람의 방향에 따라 달라지는 구름의 모양 등 기후 변화와 그에 따른 파사의 석탑 상태에 대해 꼼꼼하게 기록되어 있었다.

"소녀는 아유타와 어마마마가 보고 싶을 때마다 석탑을 돌앉어요. 그런데 문득 돌덩이에 불과한 석탑인데, 왜 파신을 막는다 할까 하는 의문이 들었어요. 하여 오랫동안 석탑을 살펴봤어요. 석탑 표면을 만졌을 때, 돌의 미세한 느낌과 특이한 냄새가 기온과 습도에 따라 달랐어요. 또 석탑에 있는 붉은 반점도 기온과 습도에 따라 선명도가 달랐구요. 오라버니, 파사의 석탑은 진풍탑이 분명합니다."

락슈마나는 깜짝 놀라 두 눈을 크게 치켜떴다.

"석탑이 특별하다 하더라도 공주의 통찰력이 놀랍구나."

락슈마나가 대견한 듯 라뜨나의 어깨를 토닥이며 아낌없이 칭찬했다. 라뜨나의 얼굴이 발그레해졌고, 두 눈동자는 무한한 열정과 총명함으로 반짝반짝 빛났다.

14. 마음을 얻기 위해

 별채는 고요했다. 시녀들은 공동 작업장에서 신묘한 파사의 석탑에 대해 수다를 떨고 있었다. 별채 근처에는 호위무사조차 없었다.

 남실바람이 불었다. 선잠이 든 라뜨나의 귓가에 누군가 조심스럽게 다가오는 소리가 들렸다. 불길한 발걸음이었다. 열어 놓은 문틈으로 빛이 번쩍였다. 라뜨나가 머리맡에 둔 호신용 검을 잡았다.

 방문에 드리워진 주렴이 조심스럽게 열렸다. 그와 동시에 쨍하는 쇳소리가 귀를 울렸다.

 "누구냐!"

 산제이의 우렁한 목소리였다. 산제이와 시녀장 아므리타가 방 안으로 들어왔다. 산제이의 칼이 자객의 목에 바짝 들이대고 있었다. 아므리타가 자객의 두건을 재빨리 벗겼다. 라뜨나는 그를 알아볼 수 있었다. 교역장에서 만났던 자객이었다. 산제이가 자객의 멱살을 쥐어틀었다. 라뜨나가 호신용 검을 쥔 채 자객에게 다가갔다.

"교역장에서 너를 놓쳤다고 생각했느냐? 불쌍히 여겨 살려 주었더니 또 나를 해하려 왔구나. 잘 들어라! 앞으로 또다시 너를 본다면 너는 살아남지 못하리라. 가서 네 주인에게 이번이 마지막이라 전하거라."

라뜨나는 자객의 칼을 쳐 바닥에 떨어뜨렸다. 라뜨나의 눈짓에 산제이가 자객을 바깥으로 밀쳤다. 산제이의 손에서 벗어난 자객은 황급히 물러났다. 라뜨나는 호신용 검을 아므리타에게 건넸다. 화를 참지 못한 산제이가 허공에 대고 주먹을 휘둘렀다.

"그대들이 아니었으면 큰일 날 뻔했어."

라뜨나는 손을 들어 흥분한 산제이를 진정시켰다.

"어찌 이런 일이! 자객이 집 안까지 들어 오다니요? 조용히 쉬시게 하려고 별채를 비웠는데, 그 잠깐 사이에……."

산제이가 아무래도 그냥 보내는 것이 아니었다며 발을 굴렀다. 라뜨나의 몸이 휘청거렸다. 아므리타가 라뜨나를 부축해 자리에 눕혔다. 그제야 산제이는 입을 다물고 조용해졌다.

궁궐에서 돌아온 락슈마나가 뒤늦게 소식을 듣고 달려왔다.
"누구냐? 얼굴을 보았느냐?"
"예, 오라버니. 소녀를 적으로 생각하는 자가 시킨 일이겠지요."
"아, 도간 족장?"
락슈마나가 벌떡 일어났다.
"그냥 넘어가시지요. 아직은 때가 아닙니다."
라뜨나는 락슈마나의 소매를 잡았다.
"오라버니, 후일 아도간 족장에게 이 일의 책임을 물을 것입니다."
락슈마나가 라뜨나의 창백한 얼굴을 보더니 다시 자리에 앉았다. 그러고는 잠자코 고개를 끄덕이며 이불을 끌어올려 라뜨나를 덮어 주었다.
"쉬거라. 이래서야 어디 피곤이 풀리겠느냐. 호위무사를 더 늘려야겠구나."
라뜨나는 힘없이 웃더니 곧 잠에 빠져들었다.
그 모습을 지켜보던 락슈마나의 눈에 얼핏 물기가 어렸다.
'아유타에 있었으면 지금쯤 꽃들이 만발한 정원에서 뛰어놀 녀석이, 이런 고생까지 하다니.'

라뜨나가 몸을 털고 일어난 것은 그로부터 한 순이 지난 후였다.

락슈마나는 다시 교역을 떠났다. 다른 때 같으면 한나라 교역을 다녀온 지 얼마 지나지 않았기 때문에 가야에 머물렀을 것이다. 그러나 급히 구해야 할 교역 물품이 있었다. 어찌 된 일인지 저잣거리에 소금이 모자랐던 것이다.

폭풍우는 물러갔으나 가야의 날씨는 여전히 습기를 잔뜩 머금고 있었다. 후텁지근한 바람이 불었다. 가만히 앉아 있는데도 땀이 이마를 타고 내려왔다. 아므리타가 찻잔을 들고 들어와 탁자 위에 놓았다.

"공주님, 황산강(낙동강의 옛 이름)이 넘쳤다 하옵니다. 주변 고을에는 역병이 돌고 있다는 소문입니다."

아므리타의 얼굴이 먹구름만큼이나 어두웠다.

"날씨가 변덕스럽더니, 역병까지 돈단 말이냐?"

"예, 사람들이 불안해하고 있습니다. 이대로라면 홍수보다 역병이 더 걱정이옵니다."

마침 하미드 박사가 잉신들과 함께 별채로 들어섰다.

"공주님, 이제 곧 피부병과 역병이 걷잡을 수 없이 퍼질 것입니다."

"시료할 약은 있지요?"

"예, 약이 있긴 합니다만 가야인들을 시료해 줄 만큼은 아닙니다. 이곳 가야 의원들에게 약이 있을 겁니다. 하오나 역병은 순식간에 번지는 것인지라, 충분한 양이 될지가 걱정입니다."

"그렇다면 우리가 약을 더 만들어 대비해야겠군요."

"하오나 공주님, 파사의 석탑 덕분에 이제야 인심을 얻고 있는데 만약 시료하겠다고 나섰다가 우리 약이 듣지 않으면 그때는 원망으로 돌아올 것입니다."

산제이가 반대를 하고 나섰다.

"그렇사옵니다. 수로왕께서 고을을 돌며 대책을 마련하고 있다고 하옵니다. 우리가 나서서 그런 일을 할 필요는 없습니다."

몇몇 잉신들이 동조했다.

"그래, 산제이 말도 일리는 있어. 우리가 많은 노력을 하였지만 아직도 사람들은 거리를 두고 있어요. 하지만 이런 일에 이방인으로 뒤로 물러나 있는다면 그동안의 노력이 모두 허사가 되는 겁니다. 게다가 병으로 신음하는 사람들을 보고서 어찌 그냥 지나칠 수 있겠어요?"

라뜨나의 목소리는 단연했다. 이제는 잉신들 의견이 자신과 다르더라도 여유 있게 대응할 만큼 매사에 침착했다.

"소신 생각도 그러하옵니다. 도와야 한다고 생각합니다."

하미드 박사가 잉신들을 향해 또박또박 힘주어 말했다. 산제이처럼 반대하는 잉신들은 쓴 입맛을 다셨다.

"소신이 가야 의원을 만나 보고 약효가 비슷한 약이 있는지 알아보겠나이다."

"아므리타를 데리고 가세요. 한나라 의학을 공부했으니 도움이 될 거예요."

잉신들이 라뜨나의 명에 따라 서둘러 움직였다.

그날 오후 늦게 돌아온 하미드 박사의 표정은 어두웠다.

"공주님, 피부병 약은 충분합니다만 역병을 시료할 약이 문제입니다. 예상대로 양도 적을 뿐더러 효력이 더디게 나타나 역병이 번지는 속도를 따라가지 못할 것입니다. 우리가 가진 약과 비슷한 약초를 찾아 보급하는 것이 낫겠습니다. 소신이 직접 약초를 찾아보겠나이다."

"박사가 수고스럽겠지만 그리하세요."

다음 날 새벽, 하미드 박사는 하인 두 명과 함께 약초를 찾으러 떠났다.

며칠 사이에 역병은 걷잡을 수 없이 가야 전체로 번져 나갔다. 아므리타가 잉신들과 함께 사람들을 시료하러 다녔다.

수로왕께서 상심이 크시겠구나. 이렇게 빠른 속도로 번지는 역병이라면 참으로 난감한 일이 아닌가. 라뜨나의 눈앞에 근심에 찬 수로왕의 얼굴이 떠올랐다.

라뜨나도 시녀를 데리고 고을로 내려갔다. 초라한 움집에서 피부병으로 칭얼거리는 아이를 만났다. 라뜨나는 가져간 약을 아이의 환부에 발랐다. 아이는 따가운지 몸을 뒤틀더니 라뜨나의 품을 빠져나가 달아났다. 라뜨나가 뛰어가는 아이 쪽으로 눈길을 옮겼을 때 울타리 밖에 수로왕 일행이 와 있었다.

"약을 발라야 낫지, 어딜 달아나느냐."

수로왕이 아이를 덥석 안았다.

"이 녀석아, 그만 버둥거려라. 아가씨, 잡고 있을 테니 얼른……."

수로왕이 라뜨나에게 눈을 찡긋했다. 라뜨나는 벌겋게 성이 난 아이의 목과 등에 약을 마저 발랐다. 라뜨나와 수로왕의 손이 잠깐 맞닿았다. 라뜨나는 살짝 스치는 수로왕의 손길에 몸이 떨렸다. 수로왕의 얼굴도 붉어지는 듯했다. 그 사이 아이는 몸을 비틀어 다시 달아났다. 수로왕이 아이를 뒤쫓았다.

"잠잘 때 환약을 먹이고 이것으로 하루 서너 번씩 환부에 잘 발라 주세요. 가려움이 덜할 겁니다."

라뜨나가 아이의 어머니에게 약을 건넸다. 웃음소리가 들렸다. 라뜨나가 돌아보니 수로왕이 아이를 간질이며 볼에 입맞춤하고 있었다.

"대왕마마."

내관이 말고삐를 잡고 수로왕을 불렀다. 수로왕이 라뜨나를 향해 싱긋 웃더니 가볍게 말에 올라탔다. 족장들이 그 뒤를 따랐다.

'병자를 돌보는 일이 곧 대왕을 돕는 방법이리라.'

라뜨나는 시녀를 재촉하여 근처 몇 집을 더 돌아보았다. 다행히 피부병 환자는 있었지만 설사를 하는 역병 환자는 없었다. 아직 이 고을까지는 역병이 돌지 않은 것 같았다.

"어허이, 어이허……."

바다가 보이는 고을을 돌아 나오는데 어디선가 곡하는 소리가 들렸다. 라뜨나가 언덕 아래를 내려다보니, 새의 깃털을 하늘로 흩뿌리며 울부짖는 촌주와 사람들이 보였다.

"외아들이 물놀이를 하다가 죽었답니다. 죽은 아들의 영혼이 하늘로 올라가라는 마음으로 저리하는 것입니다."

라뜨나에게 시녀가 속삭였다.

"안됐구나. 역병이 아니라 다행이기는 하다만, 이곳까지 번지기 전에 약초를 얼른 구해야 할 텐데……."

라뜨나는 수척해진 수로왕의 얼굴을 떠올리며 한숨을 쉬었다. 지금은 박사를 믿고 기다릴밖에 도리가 없었다.

거처로 돌아오니 그 사이 하미드 박사가 기다리고 있었다.

"어찌 되었습니까? 벌써 약초를 찾은 겁니까?"

반색을 하는 라뜨나에게 하미드는 고개를 흔들었다.

"아직이옵니다. 그런데 공주님, 마을로 돌아오는 길에 소문을 들었습니다. 우리 때문에 역병이 생겼다고 합니다."

"말도 안 되는 소리를! 도대체 누가 그런 헛소문을 퍼뜨리는 겁니까?"

화가 난 라뜨나의 목소리가 높아졌다.

"하지만 기쁜 소식도 있사옵니다. 피부병은 비슷한 약초가 많이 있고 역병은 약초가 꼭 필요하기는 하나 소신이 새로운 시료법을 찾은 듯합니다. 지금 시녀장을 만나고 오는 길입니다. 좀 더 지켜봐야겠지만 확실합니다."

하미드 박사가 라뜨나의 걱정을 덜어 주려는 듯 밝게 미소 지었다.

바로 그때 와자한 소리와 함께 산제이와 잉신들이 문으로 들어왔다.

"공주님! 역병이 우리 아유타인들 때문이라며 사람들이

우리를 피하고 있습니다."

"틀림없이 헛소문을 낸 것은 아도간 족장의 짓일 겁니다. 그렇다 해도 사람들 인심이 하루아침에 이리 변할 수가 있습니까?"

"맞습니다. 불과 며칠 전만 해도 입이 닳도록 공주님을 칭송하더니, 가야인들은 고마움을 모르는 사람들입니다."

잉신들은 울분을 터뜨렸다.

"소신이 그냥 모른 체하고 살면 된다고 하지 않았습니까. 아무리 잘해 줘도 저들에게 우리는 이방인일 뿐입니다."

산제이는 흥분하여 우렁찬 목소리가 더 커졌다.

"사람들이 죽어나가는데 모른 척하다니? 우리가 이 나라에 들어와 살아온 세월이 얼마냐? 그대는 말을 해도 어찌 그리하는가!"

라뜨나는 화가 나서 산제이를 노려보았다.

"하지만 공주님, 현실을 보옵소서. 우리가 저들을 돕고자 하나, 헛소문이 돌지 않사옵니까."

산제이가 라뜨나의 호통에도 굴하지 않고 말을 이었다.

"그만, 그만 하시오, 산제이."

하미드 박사가 두 사람 사이에 끼어들었다. 산제이가 마지못해 고개를 돌렸고 라뜨나의 얼굴은 굳어졌다.

'산제이가 내 마음을 모르다니. 가야인의 마음을 얻기 위해서는 그들의 입장에서 생각해 보고 그들의 마음으로 참아야 한다. 백성을 사랑하는 수로왕의 마음은 어디 있겠는가. 헐벗고 굶주리고 병든 자들을 돌보는 것이 지금 이 가야 땅에서 살 수 있는 길이고 가야 사람들의 마음을 얻는 일일 것이다. 또한 수로왕의 마음을 얻는 일인 것을.'

라뜨나는 속마음을 헤아리지 못하는 산제이가 야속했다.

가야 궁궐에서는 날마다 족장 회의가 열렸다.

"역병이 도는 것이 어찌 그들의 잘못이란 말인가?"

"대왕마마, 그들이 다른 상단이 다 꺼리는 왜국 내륙까지 들어갔던 일이 사단이옵니다. 그곳에서 역병을 몰고 온 것입니다. 그들 중 지금 역병 증세와 같은 병자가 있었다는 것은 가야인이면 누구나 아는 사실입니다. 또한 상단 아가씨에 대한 험한 소문이 돌고 있습니다."

아도간 족장이 속마음을 숨기고 지극히 공손한 태도로 수로왕에게 고했다.

"허, 아도간 족장, 그 아가씨는 몸살이 났을 뿐이오. 궁 의원에게 물어보시오."

수로왕은 아도간 족장의 얼굴에 설핏 비웃음이 지나가는

것을 보았다.

"예, 소신이 알아보았나이다. 그것이 역병의 시작입니다. 내성을 가진 이방인은 금세 회복이 되었을 것이나, 우리 가야인에게는 이런 독한 병이 처음인지라 무섭게 퍼져 나가는 것입니다."

"아도간 족장, 말도 안 되는 근거로 몰아세우다니 부끄럽지 않소이까?"

수로왕의 눈빛이 날카로워졌다.

"대왕마마, 무엇보다 역병이 더 이상 번지지 않게 하려면 한시라도 빨리 교역 중지 명령을 내리셔야 하옵니다. 그리고 이방인들을 감금시켜야 합니다."

오도간 족장이 고개를 빳빳하게 들고 불만이 가득한 목소리를 냈다. 다른 족장들도 허리를 굽혀 한목소리를 냈다. 이방인들에게 호의적이었던 유천간과 신귀간 족장 역시 조금도 흔들리지 않고 수로왕에 맞섰다.

"무슨 소리요! 절대 그리할 수 없소이다!"

수로왕이 가죽신을 신은 발로 마룻바닥을 쳤다.

"그 사람들을 더 이상 비난하지 마라! 그들이 믿는 신에게 기도하여 바람을 멈추게 한 일이 바로 얼마 전에 일어났다. 그들이 가야를 위해 한 일들을 모두 잊어버린 것이냐?"

"하오나, 이방인들 때문에 백성이 목숨을 잃는다면 그것이 무슨 소용입니까. 민심은 천심이라 하였사옵니다."

아도간 족장 또한 만만치 않았다. 족장들이 저마다 떠들어 대는 통에 수로왕은 머리가 아팠다. 이처럼 족장들이 수로왕을 옥죄는 일은 일찍이 없던 일이었다.

"말이 되는 소리를 하시오, 말이! 그들이 들어온 지 언제인데, 이제야 그런 병을 몰고 왔다는 게요. 역병에 대한 대책은 세우지 않고, 뭣들 하는 짓이오!"

수로왕은 탁자를 부실 듯 내리치며 벌떡 일어났다. 이방인들을 못마땅하게 생각하는 족장들의 의도를 알아챘지만 명분을 내세우는 이상 다른 방도를 세워야 한다.

수로왕은 뒤돌아보지 않고 집무실을 나왔다. 찬바람이 이는 수로왕의 뒷모습을 바라보던 아도간 족장은 입초리가 올라갔다.

"어허, 대왕께서 어찌……."

"회의 도중에 나가시다니, 이런 일은 이제까지 없던 일입니다."

"그러게나 말입니다. 이방인에게 단단히 홀리셨구먼."

아도간 족장이 저마다 떠들어 대는 족장들을 향해 천천히 몸을 돌렸다.

"확실한 방법으로 대왕마마의 마음을 돌려야 할 듯하오."

아도간 족장의 눈에서 섬뜩하고 사악한 기운이 흘러나왔다.

15. 벼랑 끝

"나도 따라가겠어요, 하미드 박사."

라뜨나는 시료 결과를 직접 보고 함께 기뻐하고 싶었다. 입술이 부르트고 피로한 기색이 역력했으나 하미드 박사의 얼굴은 밝았다.

"시녀장이 살펴본 바 회복이 가장 빠르게 나타나는 환자라 했나이다. 이 시료법으로 틀림없이 역병을 잡을 수 있을 겁니다."

하미드 박사는 확신했다.

고을 안으로 한참 들어가 구부러진 고샅길로 들어섰을 때였다. 곡소리가 들렸다. 불길했다. 라뜨나 일행은 서둘러 노부부가 산다는 움집의 마당으로 들어섰다. 마당 한가운데 거적을 깔고 그 위를 짚가리개로 덮어 놓았는데, 그 끝자락에 사람의 발이 보였다.

"무, 무슨 일이오?"

하미드 박사가 당황한 얼굴로 물었다. 흙바닥에 널브러져 울고 있던 사람들이 사납게 뒤돌아보았다. 그들의 눈은 벌겋게 충혈되어 있었다. 그 중 한 사내가 벌떡 일어나더니 눈을 희번덕거리며 짚더미에 꽂힌 낫을 빼들었다. 시퍼런 빛이 도는, 보기만 해도 섬뜩한 낫이었다. 사내가 하미드와 라뜨나가 있는 방향으로 한걸음에 다가왔다.

"살려 내라! 우리 부모님 살려 내란 말이다! 이 나쁜 놈들아!"

사내가 날선 낫을 마구잡이로 휘둘렀다. 재빨리 하미드 박사가 라뜨나 앞을 가로막았다. 박사의 몸이 휘청거렸다. 헉 하는 소리와 함께 하미드 박사가 몸을 돌려 라뜨나를 안고 쓰러졌다. 비릿한 피 냄새와 함께 라뜨나의 옷은 벌겋게 물들어 갔다. 순식간에 일어난 일이었다.

"박사……. 하미드 박사!"

라뜨나의 입에서 외마디 비명이 터졌다. 라뜨나는 박사의 얼굴을 두 손으로 받쳐 들었다.

"염, 염사치…… 허억……."

마지막 숨을 몰아쉬는 하미드의 가슴에서 뭉글뭉글 피가

흘러내렸다. 흐르는 피가 라뜨나의 두 손을 적셨다. 한발 늦게 마당으로 들어선 아므리타가 라뜨나 곁에 주저앉았다.

"아므리타! 어떻게 좀 해 보거라. 어서!"

아므리타가 눈물을 주르르 흘리며 고개를 흔들었다. 하미드 박사는 숨이 끊어진 상태였다.

사내는 그제야 정신이 드는지 주춤거리며 뒤로 물러났다. 잉신들이 사내를 붙잡았다. 사내가 피 묻은 낫을 땅바닥에 떨어뜨렸다.

"주, 죽일 생각까지는……."

아므리타가 잉신들을 가로막더니 사내의 팔을 잡고 뭔가를 물었다. 그리고 황급히 거적이 놓인 곳으로 달려가 짚가리개를 열고 시신을 살폈다.

화를 주체하지 못한 잉신들은 사내에게 발길질을 하였다. 사내는 몸을 웅크리고 신음했다.

그때였다. 한 무리의 병사들이 이들을 에워쌌다.

"네 이놈들, 그만두지 못하겠느냐! 감히 가야 백성을 때리다니, 네놈들이 모조리 죽고 싶은 게로구나. 물러서거라!"

아도간 족장이었다. 병사들이 창을 세워 들고 잉신들을 위협하며 에워쌌다.

"이 자가 우리 박사를 죽였소이다. 바로 이 낫으로 말이외다!"

"저자를 포박하시오."

잉신들이 흥분해 앞다투어 소리쳤다.

"이방인, 너희가 시료한 후에 노인 부부가 죽었다는 신고가 들어왔다."

아도간 족장의 얼굴은 차가웠다.

"이보시오, 이 광경이 보이지 않소이까? 우리 하미드 박사가 죽었소이다. 가야인들을 위해 밤낮없이 애썼던 어른이란 말이오."

잉신들이 가슴을 치며 울부짖었다.

"조용히 못 하겠느냐! 여봐라, 이들을 모조리 묶어 끌고 가라."

그때까지도 라뜨나는 박사를 안은 채 땅바닥에 주저앉아 있었다. 아므리타가 라뜨나를 하미드 박사에게서 떼어 놓았다. 눈앞에서 죽은 하미드로 인해 넋이 나간 라뜨나였다.

"아도간 족장님, 저희들을 집으로 돌아가게 해 주십시오. 보시다시피 지금 이 상황은 저희로서는 견디기 힘든 일입니다."

아므리타와 시녀들이 아도간 족장 앞에 엎드려 눈물로 호소했다.

"알겠다. 너희 모두를 당장 가둘 수는 없는 일. 시비를 가릴 때까지 이들을 집으로 데려가 감금시켜라."

아도간 족장이 명했다. 라뜨나의 눈빛이 서서히 아도간 족장에게로 향했다.

라뜨나는 자신의 몸과 마음이 따로 움직이는 것 같았다. 하미드 박사는 아유타 국왕의 충신이었고, 라뜨나에게는 부모님처럼 의지하던 어른이었다. 가슴이 찢기는 것 같았지만 라뜨나는 지금 처한 위급한 현실을 깨달았다.

"아도간 족장."

그러나 기운이 빠진 라뜨나의 말은 아므리타만 들을 수 있는 속삭임에 불과했다.

"시신은 우리가 처리하겠다, 물러서라!"

아도간 족장은 항의하려는 아유타의 잉신들에게 말채찍을 휘둘렀다. 족장의 손짓에 병사들이 라뜨나 일행을 집으로 끌고 갔다. 병사들이 집 안의 남자들을 모두 창고에 가두었다.

"너희들이 역병을 몰고 와서 지금 고을마다 병자가 없는 집이 없다. 백성들이 사악한 너희들 때문이라 말하고 있다. 죄가 밝혀지면 모두 참살시킬 것이다."

"우리는 역병을 시료하고 있었습니다."

시녀의 부축을 받으며 간신히 기둥을 잡고 서 있던 창백한 라뜨나가 분노에 찬 목소리로 소리쳤다. 아도간 족장은 비웃음이 감도는 얼굴로 라뜨나를 바라보더니 대꾸 없이 말머리를 돌렸다.

병사들이 라뜨나와 시녀들 또한 별채에서 한 발자국도 나서지 못하게 지키고 있었다. 밤새도록 붉은 깃발의 움집에서는 울음소리가 그치지 않았다.

라뜨나의 머리는 시간이 흐를수록 계곡의 살얼음처럼 명징해졌다.

'아도간 족장! 우리를 벼랑 끝으로 내모는구나.'

라뜨나는 피가 배어 나오는 줄도 모르고 입술을 깨물었다.

하루가 흐르고 이틀이 지나갔다. 아도간 족장은 모습을 나타내지 않았다. 별채에 갇힌 지 사흘이 지났다.

'섣불리 움직이면 안 된다. 수로왕에게 접근할 수 있는 통로는 아도간 족장이 막아 놓았을 것이다. 족장의 부인 또한 예전 같지 않아 도움을 청할 수 없는데, 어찌 하면 좋단 말인가.'

라뜨나는 먹구름이 잔뜩 낀 하늘을 올려다보다가 이엉을 얹은 지붕에 눈길을 멈췄다.

"아므리타, 수로왕이 계신 궁궐에서 우리 집이 보일 테지?"

"예? 무슨 말씀이신지……."

아므리타는 어리둥절한 얼굴로 라뜨나를 멀거니 바라보았다.

어둑어둑해질 무렵, 가야의 하늘에 난데없이 벌겋게 불길이 치솟았다.

"저것이 무엇이냐?"

수로왕의 물음에 내관이 가까이 다가와 대답했다.

"이방인 상단의 집이 불타는 것이라 하옵니다. 불길이 잡혔다 하니 심려 마옵소서."

"무어라?"

불이라는 내관의 말에 수로왕의 얼굴이 그믐달처럼 창백했다. 그런 수로왕의 모습에 잠시 망설이던 내관이 허리를 굽히고 수로왕에게 고했다.

"대왕마마, 족장들께서 이방인들을 감금했다 하옵니다. 그것과 관련이 있는 것인지는 모르겠나이다."

'아도간 족장, 기어이 해 보자는 것이냐.'

수로왕은 화를 삭이느라 숨을 크게 몰아쉬었다. 자리를 떨치고 일어난 수로왕은 곧장 궁궐 밖으로 말을 몰아 달렸다. 그 뒤를 을불 장군이 따랐다.

메케한 연기가 앞이 보이지 않을 만큼 주변을 뒤덮고 있었다. 그런데도 라뜨나의 집을 병사들이 지키고 있었다. 수로왕은 자신의 말을 못 들은 척하는 아도간에게 분노했다. 그러나 깊은 숨을 내쉬며 어금니를 꽉 물었다.

"문을 열라."

착 가라앉은 목소리였다. 허리를 굽히고 있던 병사들이 얼굴을 마주보았다.

"대왕마마, 황공하오나 이곳은 역병이 도는 곳이라……."

이들은 아도간 족장의 명을 따르는 병사들이었다. 을불 장군이 칼을 뽑아 들었다.

"명에 따르라. 수로대왕이시다!"

병사들은 허둥거렸다.

수로왕은 곧장 라뜨나가 갇혀 있는 별채로 걸어갔다. 검게 그을린 별채의 지붕과 벽이 흉물스러웠다. 수로왕을 보자, 시녀들이 소리 죽여 흐느끼며 부복했다. 라뜨나가 바닥에 무릎을 꿇었다. 몰라보게 수척해진 라뜨나의 얼굴을 보자 수로왕은 마음이 아팠다.

"다친 사람은 없소이까?"

"용서해 주옵소서, 대왕마마. 방법이 없었나이다."

라뜨나가 깊이 고개를 숙였다. 그제야 수로왕은 알았다.

'나를 부르기 위해 불을 질렀구나.'

수로왕은 짧게 한숨을 내쉬었다.

"시료 중 죽은 자는 어찌 된 것이오?"

"소녀의 사람이 알아본 바로는 환자의 잘못이었습니다. 병세가 확연히 좋아지자 빨리 회복하기를 바라는 마음에 모르고 금기 음식을 먹었답니다. 노인이라 이겨 내지 못하고 급사했던 것입니다. 노인의 아들에게 물어보셔도 금방 확인이 될 것이옵니다."

라뜨나가 또박또박 힘주어 말했다.

"그렇다면 그대들이 역병에 대한 시료를 할 수 있소이까?"

한참 만에야 수로왕이 입을 열었다. 메마르고 갈라진 목소리였다.

라뜨나는 수로왕의 입장이 얼마나 난처한지를 알고 있다는 듯 허리를 굽혀 낮게 부복했다.

"대왕마마, 지금 돌고 있는 역병은 습한 날씨와 환경 때문에 생긴 병이옵니다. 사람들을 괴롭히고 있는 피부병도 마찬가지입니다. 고향에서 가져온 약재가 있으나 적은 양이오라, 저희들이 가야 땅에 비슷한 약초가 있는지 찾고 있었습니다."

"정말이오?"

"저희들이 분명 역병을 잡을 것이니 저희에게 기회를 주옵소서."

"알았소. 곧 명을 내리겠소."

수로왕이 자리에서 일어났다. 그러자 라뜨나가 화급하게 수로왕을 불렀다.

"대왕마마, 하미드 박사가 병든 자를 돌보다 억울하게 죽었습니다. 아도간 족장께서 오해를 하시어 시신을 내어 주지 않사옵니다. 그분의 시신을 찾아 장례를 치를 수 있도록 도와주옵소서."

라뜨나의 손은 경련하듯 떨렸고 두 눈 가득 그렁그렁한 눈물이 고였다가 주르르 흘러내렸다.

'하미드라고, 그 박사가 죽었단 말인가. 시신을 돌려주지 않다니. 아도간 족장, 참으로 잔인하구나.'

수로왕은 끓어오르는 마음을 억눌렀다.

가녀린 몸을 웅크린 채 떨고 있는 라뜨나의 모습이 흡사 손바닥에 잡힌 작은 새처럼 느껴져 명치끝이 저려 왔다. 수로왕은 두 눈을 부릅뜨고 말에 올랐다.

수로왕의 명으로 족장들이 궁궐 회의실에 모였다.

"그들에게 기회를 주도록 하라. 시료법이 있다 하니 아도간 족장은 병사를 당장 거두고 일체 간섭을 마라. 알았는가!"

 수로왕은 족장들의 눈을 일일이 맞추며 차갑게 말했다. 족장들은 그처럼 분노하는 수로왕의 모습을 일찍이 본 적이 없었다.

 "그리고 아도간 족장, 하미드 박사의 시신을 그들에게 돌려주도록 하라!"

 "그, 그것은……."

 다 된 일이라 생각하고 있던 아도간 족장은 뭐라 대꾸할 말을 찾지 못하고 더듬거렸다. 곧 영리한 아도간 족장의 눈빛이 차분해졌다. 아도간 족장은 분노한 대왕에게 맞서기보다 한 발 뒤로 물러나 있을 생각이었다. 수로왕은 허리를 굽히는 아도간 족장을 사납게 노려봤다.

 다음 날, 붉은 깃발의 움집 주변에 늘어서 있던 병사들이 물러갔다.

 수로왕의 명으로 풀려난 것임을 짐작한 라뜨나는 이제 병자를 구하는 일만이 가야에 머물 수 있는 길임을 알았다.

 치맛자락을 꽉 움켜잡은 라뜨나는 하늘을 올려다보았다. 라뜨나의 두 눈에 더 이상 눈물이 나오지 않았다.

 하미드 박사의 장례는 가야식으로 치렀다. 하미드 박사의 죽음을 헛되이 하지 않으리라. 가슴에 품은 소중한 꿈을 포기하지 않으리. 때가 오면 아도간이든 누구든 맞서리라. 라뜨나의 눈은 그 어느 때보다 맑았고 빛났으며 강한 힘이 서려 있었다.

습한 땅 위에 머물고 있는 역병은 이제 가야 전체로 퍼져 나가 수많은 사람들이 설사와 고열에 시달렸다. 피부병도 더 심해졌다. 특히 어린아이들은 가려움증을 이기지 못해 피가 나도록 몸을 문질렀다. 라뜨나는 그들의 고통을 가까이에서 느꼈다.

아유타인들이 진심을 다해 사람들을 도왔다. 그러나 걷잡을 수 없는 여러 헛소문이 짚불처럼 퍼져 나갔다. 역병도 그처럼 기세등등하게 번졌다. 이방인에 대한 소문만 믿고 시료를 거부하거나 욕을 하며 쫓아내는 매정한 사람들도 있었지만, 시료가 급한 환자들은 찾아와 도움을 청했다.

"쑥을 넣은 향불을 피워 보세요. 쑥 향이 병자에게 도움이 될 것입니다. 반드시 나을 것이니 마음 편하게 가지세요."

그러나 언제 끝날지 모르는 일에 잉신들은 점차 지쳐갔다.

"조금만 더 기운을 냅시다. 정성을 다하면 하늘이 도울 것입니다."

라뜨나는 자신의 몸을 돌볼 사이도 없이 집으로 고을로 바쁘게 다니며 잉신들을 위로했다.

'나도 할 수 있어. 아유타를 떠나면서부터 오라버니는 혼자 하신 일이야. 난 이겨 나갈 거야.'

라뜨나는 자신에게 자꾸 되뇌며 하루하루를 견뎠다. 마침내 락슈마나가 교역에서 돌아왔다.

"공주, 이게 무슨 말이냐? 하미드 박사가 죽다니!"

뒤늦게 소식을 접한 락슈마나가 충격으로 부들부들 떨었다. 라뜨나는 하미드 박사가 죽던 그때의 상황이 눈앞에 떠올라 가슴이 미어지는 것 같았지만 깊은 숨을 내쉬며 이내 마음을 가라앉혔다. 라뜨나는 락슈마나에게 그동안의 일들을 차분하게 이야기하기 시작했다.

"뭐라, 족장들이 제를 지내고 있다고?"

수로왕은 말을 잇지 못했다.

지난 며칠 동안 족장들의 면담을 일체 허락하지 않았다. 이방인들에게 교역권을 빼앗고 그들을 감금하라는 족장들의 주장을 무시한 이후 서로에게 시간이 필요하리라 생각했기 때문이었다. 수로왕은 당분간 족장들을 만나지 않을 작정이었다.

"예, 송구하옵니다만 족장님들이 새벽 동틀 무렵 개라봉에 올라 아직까지 내려오고 있지 않다 하옵니다."

내관은 어찌 할 바를 모르는 몸짓으로 아뢰었다.

수로왕이 벌떡 일어났다. 이것은 왕에 대한 모욕이었다. 족장들이 왕에게 반기를 드는 것이며, 왕을 무시하고 스스로 하늘과 통하겠다는 시위였다. 또한 왕에 대한 불신과 지도력에 대한 거부의 표시였다.

"고이얀! 감히……."

수로왕은 당장이라도 족장들의 죄를 묻고 싶었다. 하지만 아직 그들의 힘이 필요했다. 수로왕이 가야의 왕이 되기 전부터 아홉 족장, 구간이 다스리던 땅이었다. 백성들이 아직도 족장들을 더 의지하는, 그들만의 유대감을 수로왕은 잘 알고 있었다. 그래서 그들의 요구를 물리치지 못하고 아도간 족장의 딸과 정혼자처럼 지내는 터였다. 족장들은 강인한 이방인 상단이 두려운 것이다. 상단 아가씨가 그들의 눈에 거슬렸던 것이다.

수로왕은 개라봉으로 말을 몰았다. 거친 숨결을 내쉬며 개라봉 아래 들판에 이르렀을 때 문득 깨달았다.

'이렇게 분노하는 것은 저들이 바라는 것이다. 아도간 족장의 속셈은 아가씨를 내쫓자는 게지.'

눈물이 그렁하던 라뜨나가 눈앞을 스쳐 지나갔다. 수로왕은 지그시 눈을 감았다. 그들은 교역으로 가야에 막대한 경제적 이익을 주었다. 또한 철에 대한 정보뿐 아니라 좋은 목재를 들여와 배를 만들 수 있게 도움을 주었고 그들로 인해 가야의 수군은 더욱 강해졌다. 수로왕의 머리는 그 어느 때보다 냉철했다.

'그들은 족장들을 견제할 수 있는 세력이야. 이대로 그들을 떠나게 할 수는 없지. 아도간 족장, 무엇보다 아가씨가 이미 내 마음을 차지하고 있단 말이오.'

마침 족장들이 개라봉을 내려오고 있었다. 수로왕을 발견한 족장들은 화들짝 놀라 그 자리에 부복했다. 수로왕은 그들을 말없이 노려보았다. 이윽고 수로왕이 조용히 입을 열었다.

"그대들이, 백성을 위해 제를 올렸다니 참으로 고마운 일이오. 내 그대들의 행동을 잊지 않겠소이다."

수로왕의 목소리는 싸늘했다. 족장들의 얼굴이 흙빛으로 변했다. 족장들은 아도간 족장을 돌아보았다. 아도간 족장은 묵묵히 바닥에 엎드려 고개를 숙였다. 수로왕은 침착하게 말머리를 돌려 궁궐을 향해 달리기 시작했다.

16. 물러서지 않으리

팽팽한 긴장이 가야의 하늘을 휘감았다.

아도간 족장의 감시가 한시도 떠나지 않고 따라다녔다. 하루하루 지나는 것이 가야의 후텁지근한 날씨처럼 답답하던 어느 날이었다. 며칠째 고을에 내려가 있던 아므리타가 별채로 들어섰다.

"시료의 효력이 나타나옵니다. 열이 떨어지고 증세가 좋아진 사람이 늘었습니다. 역병이 곧 잡힐 듯싶습니다."

"참말이야? 내 그럴 줄 알았다. 해낼 줄 알았어."

라뜨나는 아므리타의 손을 덥석 잡았다. 초췌한 아므리타가 안타깝고 고마웠다.

"하미드 박사님의 시료 방법이 옳았습니다. 더구나 약초 서식지를 찾아냈으니, 이제 역병을 걱정하지 않아도 될 것입니다."

"다행이다, 조금만 더 고생하자. 우리의 진심을 가야인들이 알아줄 거야."

염려 말라는 듯 아므리타가 빙긋 웃었다.

뭐든 마음먹기 나름이었다. 시료 효과가 확실하게 나타나자, 어제까지 축 늘어지던 몸이 밤늦도록 뛰어다녀도 피곤하지 않았다. 며칠 사이에 확연하게 병자가 줄어들었다.

"고맙습니다, 고마워요."

"아가씨는 하늘에서 우리를 도우려고 내려오신 분이에요."

라뜨나가 가는 곳이면 어디라도 아낙네들이 우르르 몰려나왔다. 그네들은 라뜨나의 손을 잡고 절을 하며 고마워했다.

"오라버니, 병자들이 제대로 먹어야 일어날 수 있습니다. 나라에서 구휼미를 풀기는 합니다만 그것만으로 부족합니다. 우리가 가진 곡물을 나눠 주는 게 어떻겠습니까?"

"그래, 사람을 구하는 것이 우선이지. 그리하자꾸나."

락슈마나가 하인들을 불러 곡물 창고를 활짝 열게 했다. 역병은 나았으나 굶주림으로 몸이 회복되지 않은 사람들이 소문을 듣고 라뜨나의 집으로 몰려왔다. 사람들의 입에서 저절로 가야의 어머니라 칭송하는 소리가 나왔다. 이제 가야인들은 아유타인들을 이방인이라 부르지 않았다. 그러나 라뜨나 일행은 살얼음판 위에 서 있는 것처럼 매사에 조심했다. 아도간 족장이 어떻게 나올지 알 수 없었기 때문이었다.

모처럼 세찬 바람이 불어 시원해진 날의 오후였다. 아지가 라뜨나의 집을 찾아왔다.

"아가씨와 이야기를 나누고 싶어 찾았습니다."

생각지도 않았던 손님이었다. 그러나 라뜨나는 웃으며 아지를 맞았다.

"예, 잘 오셨어요. 앉으세요."

차를 내는 아므리타의 손길이 거칠었다.

"아버지께서 귀한 팔찌를 가지고 오셨어요. 아가씨한테 어울릴 것 같아서."

아지가 내민 것은 푸른색 유리구슬로 만든 팔찌였다. 쉽사리 볼 수 없는 물건이었다.

"정말 아름답군요. 고마워요."

아지는 많이 야위어 있었다. 홀쭉해진 볼이며 길어진 목, 실핏줄이 드러난 손이 눈에 띄었다. 무엇보다 아지의 두 눈은 불안정했고 전에 없이 무척 슬퍼 보였다. 라뜨나는 마음이 아팠다. 야망이 들어 있었더라도 수로왕을 사랑하는 마음은 같을진대 수로왕의 사랑을 얻지 못한 아지의 괴로움을 알 수 있을 것 같았다.

라뜨나는 그 어느 때보다 아지에게 다정히 대했다. 이런저런 한담을 나누다 아지가 집으로 돌아갔다.

"무슨 속셈인지 모르겠어요."

아므리타가 못마땅한 듯 고개를 흔들었다. 하지만 라뜨나는 아지가 나쁜 마음이 있다 한들 오만하고 안하무인이었던 모습은 사라지고 상처받은 아지의 모습을 보는 것은 그리 기분 좋은 일은 아니었다. 라뜨나는 아지의 몸을 보하는 약을 마련해 집으로 보냈다.

보약을 보낸 지 한 순이 지났을 때였다. 아므리타가 하얗게 질린 얼굴로 허둥지둥 라뜨나의 방으로 들어왔다.

"공주님, 우물가 아낙네들이 이상한 소리를 합니다. 아지 아가씨 몸에 독이 퍼졌는데, 우리가 보낸 약을 먹고 그랬다는 거예요. 뿐만 아니라 우리가 피우는 향이 사람을 홀리는 술수라고……."

'아지, 어찌하여 그대를 위해 선의로 행한 일을 이리 만드는가. 그대 혼자 한 일은 아닐 터, 또 아도간 족장이렸다.'

라뜨나는 두 눈을 질끈 감았다. 결국 아지가 찾아온 것은 라뜨나를 엮으려는 덫이었다. 라뜨나는 더 이상 참을 수가 없었다.

문이 열리며 락슈마나가 들어섰다.

"소문을 들었느냐? 일파만파로 퍼지고 있구나."

"오라버니, 이 역시 아도간 족장의 음모이옵니다."

"나도 그런 생각이 든다. 지난 왜국 교역 때 해적의 공격을 받은 것도 배후가 의심스러워. 우리와 협상한 염사치가 그럴 리는 없지. 염사치보다 아도간 족장이라는 생각이 드는구나."

"권력이라는 욕심이 쉽사리 사라지겠습니까? 맞서야 할 때입니다. 최상의 방어는 공격이옵니다."

"방법이 있느냐?"

"예. 소녀가 아도간 족장을 만날 것입니다."

락슈마나의 눈빛이 잠시 흔들렸다. 그러나 곧 힘차게 말했다.

"그래, 우리가 모든 것을 알고 만만치 않다는 것을 확실하게 알려야 한다."

"염려 마십시오, 오라버니."

라뜨나의 목소리는 차돌처럼 야무졌다.

"내가 하미드 박사에게 아도간 족장과 염사치와의 관계를 조사하게 한 일이 있다. 이것이 그 증거자료이니라."

락슈마나가 작은 함을 탁자 위에 올려놓았다. 아므리타가 함을 열어 보더니 탄성을 질렀다.

"공주님, 염사치와 사로국의 거래 내역과 아도간 족장과의 관계가 적혀 있사옵니다."

"그러고 보니…… 오라버니, 박사가 마지막으로 하려던 말, 소녀에게 이걸 말하고자 한 것이었어요."

"그래, 박사가 따로 관리했기에 자세한 것은 나도 몰랐다. 오늘에야 하미드 박사 집에서 찾아온 것이야. 도움이 될 것이다."

락슈마나는 믿는다는 듯 라뜨나의 어깨를 가볍게 두드린 후 거처로 돌아갔다.

라뜨나는 입을 굳게 다물고 그동안 모아 둔 자료를 살펴보기 시작했다. 아무것도 두렵지 않았다.

다음 날 오후, 라뜨나는 아므리타와 함께 아도간 족장의 집으로 찾아갔다. 그 뒤를 산제이가 따랐다.

예상대로 문지기부터 냉대했다. 산제이는 울타리 밖에서 기다렸고, 라뜨나는 손님방으로 안내되었다. 꽤 오랜 시간이 흘렀다. 라뜨나는 그림자처럼 조용히 앉아 기다렸다.

바깥은 아무런 기별 없이 고요했다. 해가 길게 마당을 지날 무렵이 되어서야 하녀가 방문을 열더니 고개만 내밀고 방 안을 살폈다. 아므리타와 눈이 마주친 하녀는 도로 꽝 소리가 나게 문을 닫았다.

"저, 저런 발칙한……."

"그냥 두거라. 아도간 족장은 나를 만나러 나올 것이다."

"하오나 공주님. 어찌 이런 대접을."

아므리타가 분통을 터뜨렸지만, 라뜨나는 자세를 흐트리지 않고 눈을 감았다. 그러고도 한참이 지나서야 바깥에서 기척이 들렸다.

"여기가 어디라고 찾아온단 말이냐!"

방문이 벌컥 열렸다. 아도간 족장이 성큼성큼 걸어와 라뜨나의 앞자리에 앉았다.

"찾아가려던 참이었다. 대왕의 정혼자나 다름없는 내 딸아이에게 독약을 먹이다니! 감히 이방인 따위가 왕후의 자리를 노리는 게냐? 고얀! 너의 죄를 밝힐 것이다."

라뜨나는 조금도 흔들리지 않는 침착한 목소리로 대꾸했다.

"아지님은 좀 어떻습니까?"

"흐흥, 네가 더 잘 알 거 아니냐!"

"독약이 아닙니다. 하늘이 알고 땅이 알고 족장님과 내가 아는 일이지요."

"뭐라? 어디서 거짓을······."

"자꾸 이러시면 족장님과 이야기를 나눌 수 없습니다."

"이런 천하의 몹쓸 계집 같으니, 곧 왕후가 되어야 할 내 딸이 자리에서 일어나지도 못하고 있다! 그런데 뭐라······."

아도간 족장의 말이 채 끝나기도 전에 라뜨나가 탁자를 손바닥으로 내리쳤다.

"그만 하시지요!"

그러고는 곧 소곤거리듯 목소리가 낮아졌다.

"야마대국 아쿠라에 대해 이야기해 볼까요?"

"무, 무······ 슨 말을 하는 게야?"

아도간 족장의 수염이 가늘게 떨렸다.

"아도간 족장! 덩이쇠를 빼돌려 왜국과 밀거래하고, 저잣거리 물품은 매점매석하지 않았습니까? 그 증좌가 이렇게 있소이다."

라뜨나의 손에서 떨어진 것은 아도간 족장의 표식인 칼과 방패 문양이 그려진 서찰이었다.

"이래도 자꾸 큰소리를 치실 수 있나요?"

아도간 족장을 향한 라뜨나의 눈이 칼날처럼 날카롭게 빛났다.

"이방인 따위가, 감히 내게······."

아도간 족장이 이를 악물고 라뜨나를 비웃으려 했다. 그러나 아도간 족장의 일그러진 얼굴은 이미 창백해지고 있었다.

"그럼 염사치와 하타도 모른다고 하실 겁니까? 그들이 해적과 내통하는 것을 모르지 않을 터. 이 모든 사실에 대한 증좌를 가지고 있습니다."

아도간 족장이 라뜨나를 잡아먹을 듯이 쏘아봤다.

"아도간 족장, 족장이 보시기에 내가 어리다 할 수 있어요. 하나 나는 오라버니와 함께 고향을 떠나 수 년 동안 남자도 하기 힘들다는 교역을 하며 떠돌았어요. 정치적 계략이 어떤 것인지 권력이 사람을 어떻게 변하게 하는지 누구보다 잘 알고 있습니다."

아도간 족장의 눈초리가 파르르 떨리기 시작했다.

"비록 족장들 사이에서 권력을 잡기 위해 저지른 일이라 하나, 덩이쇠 밀매와 매점매석으로 백성들을 힘들게 한 일들은 대왕께서도 그냥 넘어가진 않을 겁니다. 또한 나를 죽이려 두 번이나 자객을 보낸 일을 모르리라 생각하십니까? 그 자객이 누구의 수하인지 자세히 알아두었지요. 아도간 족장, 맞서지 않는다고 해서 오라버니와 나를 우습게 보면 안 되지요. 자객을 보내는 것보다 은밀하게, 족장을 없앨 만한 음모쯤은 우리도 꾸밀 수 있습니다."

라뜨나는 나긋나긋하지만 또렷이 들리도록 말했다. 라뜨나의 두 눈은 매의 눈처럼 매서웠다.

"우리가 왜 아무것도 모르는 것처럼 내색하지 않고 지냈다고 생각하십니까? 오로지 하나, 내분이 있을까 염려하는 마음 때문이었습니다. 이로 인해 가야가 혼란에 빠지지 않기를 바라기에 눈감아 주었어요. 그런데도 계속 모함을 하다니!"

틈을 주지 않고 라뜨나는 준엄한 목소리로 꾸짖었다.

아도간 족장은 아무 말도 하지 못하고 탁자를 꽉 부여잡고 있었다.

"아도간 족장! 지금 가야에서 백성들의 신임을 받고 우리 상단만한 재력을 가진 자가 있습니까? 또 우리가 훈련시키는 수군은 어떠합니까?"

진심이었다. 아도간 족장이 더 이상 아유타 사람들을 이방인으로 내몰지 않기를 바랐다.

라뜨나가 천천히 자리에서 일어나자 아도간 족장도 따라 일어섰다.

"수로왕께 가지 않고 족장에게 온 이유를 충분히 아셨으리라 믿습니다. 이제 스스로 진정 가야를 위하는 길이 무엇인지 결정하세요. 권력 때문에 나라를 좀먹게 할 것인지 아니면 검은 손들을 뿌리치고 나라를 위해 당당하게 살 것인지 말입니다. 수로왕께 족장의 잘못을 스스로 고백하고 용서를 구하는 것이 좋겠습니다. 우리가 수로왕께 직접 밝히지는 않을 겁니다. 이것은 가야의 수로대왕과 아도간 족장간의 일, 가야 내부의 사정이니까요. 하나 우리한테 모든 증좌가 있다는 것을 잊지 마세요."

라뜨나는 아도간 족장을 날선 눈으로 쏘아보았다. 아도간 족장은 얼어붙은 듯 그 자리에 서 있었다.

"내부의 분열이 나라를 망치는 길임을 잘 아시지 않습니까. 우리 상단은 가야의 적이 아닙니다. 아도간 족장님, 우리 아유타인들이 가야를 사랑하고 수로대왕님을 마음속 깊이 존경한다는 것도 믿어 주기 바랍니다."

할 말을 끝낸 라뜨나는 아도간 족장을 향해 공손하게 고개를 숙였다.

'아도간, 얼마든지 내 앞에 나서거라. 상대할 것이다. 이제는 더 이상 물러서지 않으리니.'

족장의 집을 나서는 라뜨나의 머리 위로 햇살이 너울거렸다.

17. 혼인

"잘하였느니. 이제 족장들이 우리를 함부로 대하지 못할 것이다. 아도간 족장에 대해서는 수로왕께서 잘 대처하실 것이야."

"오라버니와 하미드 박사 덕분입니다. 오라버니, 마음이 말입니다. 가야가 이제 고향처럼 느껴집니다."

라뜨나가 락슈마나를 향해 방긋 웃었다. 찻잔을 드는 라뜨나의 움직임이 우아했다. 여인의 태가 완연했다.

"참 공주, 한 시진 전에 아유타에서 밀지가 왔다. 월지족과 평화 협정을 맺었다는구나."

락슈마나가 품에서 서찰을 꺼내 탁자 위에 내려놓았다.

"정말입니까? 오라버니, 이게 얼마만의 평화입니까?"

라뜨나가 환하게 웃으며 서찰 쪽으로 손을 내밀었다.

"그래, 이제 고생은 끝났으니 고향으로 돌아가자. 사랑하는 사람들이 있는 곳으로 말이다. 그리고 국왕께서 공주의 혼인을 언급하셨구나."

라뜨나가 내밀었던 손을 거두었다. 락슈마나는 라뜨나가 무슨 생각을 하는지 불안했다. 라뜨나와 서찰을 번갈아 보며 락슈마나는 빠르게 말을 이었다.

"국왕께서 공주에게 어울리는 짝을 고르신 듯하다. 타이국과의 혼인을 추진하고 계신다는구나. 타이국 왕자는 쾌활하고 무엇 하나 부족함이 없다고 들었다. 국왕께서도 흡족한 혼인이 될 것이라 확신하시더구나. 왕비마마께서도 하루빨리 공주가 아유타로 돌아오기를 기다리실 게야."

생각에 잠긴 라뜨나가 입술을 굳게 다물었다. 그 모습은 돌조각상처럼 단단해 보였다.

락슈마나는 문득 기억 저편에 묻어 둔 누나의 혼인 때 일이 생각났다.

예복을 입은 누나는 눈부시게 화려했고 아름다웠다. 검은 머리에 두른 얇은 천 사이로 황금과 진주 장식이 반짝거렸고, 황금 목걸이와 붉은색 사리의 금 장식이 움직일 때마다 빛이 났다. 가느다란 손목에 걸친 여러 겹의 팔찌가 짤랑짤랑 가볍게 울렸다. 손가락과 손등에는 행운을 상징하는 상서로운 그림으로 치장을 했다. 누나의 눈동자는 별처럼 빛났고 붉은 입술은 수줍게 다물고 있었다.

축하객들은 혼례식장 한가운데 타오르는 성스러운 불을 중심으로 돌면서 축복하였다. 그 모습을 지켜보던 어머니는 눈으로 손을 가져가며 옆자리 아버지에게 소곤거렸다.

"좋은 날 왜 이리 눈물이 나는지 모르겠습니다."

까마득한 어린 날의 기억. 어머니의 눈물이, 화려했던 누나의 모습이 선명하게 떠올랐다. 누나는 첫 아기를 낳다가 젊은 나이에 죽고 말았다. 전쟁으로 부모님이 돌아가시기 전의 일이었다. 오랜 세월 잊고 있었던 그 기억들이, 다시는 볼 수 없는 그리운 가족의 얼굴이 떠올라 새삼 가슴이 아려왔다. 이제 라뜨나가 혼인을 하면 헤어져야 한다. 또다시 사랑스러운 누이 라뜨나와의 이별을 생각해야 하다니. 언젠가 이리 될 줄 알았으면서도 삶이 허무했고 허망했다. 락슈마나는 가만히 눈을 감고 염주알을 굴렸다.

그때 라뜨나가 입을 열었다.

"오라버니, 소녀는 아유타로 가지 않을 것입니다. 아버지께서 말씀하신 타이국 왕자는 어릴 때 만난 일이 있습니다. 사냥터에서 본 왕자는 잔인한 성품이었던 것으로 기억합니다. 아바마마 마음에 드시는, 타이국 왕이 될 분이지만 저는

싫습니다. 소녀는 타이국 왕자와 혼인하지 않겠어요."

말 마디마디가 야무졌다. 락슈마나의 눈이 저절로 크게 벌어졌다.

"저의 배필은 수로왕입니다. 소녀는 수로대왕과 혼인하겠어요."

단호했다. 락슈마나는 할 말을 잃었다. 수로왕과 라뜨나가 서로에게 호감을 갖고 있다는 것은 진작에 알았지만 라뜨나가 혼인까지 생각할 줄은 몰랐다. 두 사람이 서로에게 마음이 있더라도 간단한 문제가 아니었다. 가야의 현실도 만만치 않을 뿐더러 아유타 국왕 역시 먼 이국땅에서의 혼인을 허락할지 알 수 없었다.

"아유타로 가셔서 아버지께 말씀드려 주세요. 오라버니께서 아유타와 가야의 국혼으로 성사시켜 주세요. 소녀는 가야의 왕후가 될 것입니다."

락슈마나는 라뜨나의 눈빛과 야무지게 다문 입술에서 모든 것을 읽었다. 라뜨나의 마음을 그 어떤 것으로도 돌릴 수 없다는 것을 알았다. 라뜨나는 수로왕을 포기하지 않을 것이며 이 가야 땅을 떠나지 않을 것이다. 락슈마나는 의지가 강인한 여인으로 자란 누이동생이 대견하면서도 한편으로 안타까웠다. 또다시 라뜨나가 힘든 일을 겪을까 염려되었다.

락슈마나는 어떤 선택이 라뜨나를 위하는 길일지 판단이 서지 않았다.

그러나 라뜨나가 수로왕을 선택했다. 지금 이 순간 그 사실이 중요했다.

이윽고 락슈마나는 침묵을 깨고 천천히 고개를 끄덕였다.

"알았다. 내가 아유타로 갈 것이다. 공주의 말처럼 아유타와 가야의 국혼이 성립되도록 국왕께 고하마."

"고맙습니다, 오라버니."

라뜨나가 자리에서 일어나 락슈마나에게 고개를 숙였다. 락슈마나 또한 오라버니가 아니라 공주의 사신으로 마주 고개를 숙였다.

'공주, 네가 행복하다면……. 내 힘 닿는 한, 할 수 있는 일은 다 할 것이야.'

락슈마나는 염주알을 굴리며 눈을 감았다. 이 모두가 하늘의 뜻이었다.

다음 날 락슈마나는 가장 빠른 배를 타고 아유타로 떠났다.

월지족 어린아이와의 정략혼인을 피해서 고향을 떠나 떠돌아다녔는데 이제 또 다른 혼인을 위해 아유타로 가야 하다니. 라뜨나는 그럴 수는 없다고 생각했다. 무엇보다 하늘에 해와 달이 떠 있는 것처럼 라뜨나는 수로왕을, 수로왕은 라뜨나의 진심을 잘 알고 있었다. 라뜨나는 자신을 향한 수로왕의 마음을 확실하게 느낄 수 있었다. 무엇이 두려운가, 혼인 못할 일이 무엇이 있는가. 생각만으로도 얼굴이 뜨거워지고 가슴 두근거리는 그분. 라뜨나가 존경과 기쁨을 느낄 수 있는 분은 오직 한 사람, 수로왕뿐이었다.

라뜨나는 락슈마나가 아유타 국왕의 승낙을 받아 올 것이라는 것을 믿었다. 라뜨나의 선택을 이해하고 믿어 줄 오라버니였다.

여러 날이 흘렀다. 락슈마나에게서 소식이 없었다. 라뜨나는 마음이 점점 초조해져 갔다.

하늘에서 푸른 물이 뚝뚝 떨어질 것처럼 맑은 날, 드디어 락슈마나가 아유타 왕실 배를 이끌고 돌아왔다.

"공주, 국왕께서 승낙하셨다. 공주의 서찰을 보고 왕비께서 곁에서 많이 도와주셨어. 지금쯤 아유타는 왕족과 대신들, 백성들까지 모두 공주의 혼인을 축복하고 있을 것이다."

락슈마나의 얼굴에 온화한 미소가 흘렀다. 아유타의 붉은 흙 같은 승려복이 락슈마나의 검은 피부와 잘 어울렸다.

"모두가 오라버니 덕입니다. 고맙습니다."

라뜨나의 눈에 눈물이 방울방울 맺혔다. 락슈마나가 가만히 라뜨나의 손을 잡았다.

"궁으로 가서 수로왕께 우리의 신분을 밝히도록 하자. 아유타 국왕의 친서를 가지고 왔으니 곧 국혼을 성사시킬 수 있을 것이다."

라뜨나는 고마운 마음에 더더욱 고개가 숙여졌다. 바깥에서 잉신들이 환호했다. 라뜨나의 얼굴은 빨개졌고 락슈마나는 유쾌하게 웃었다.

"이런 일은 한시라도 빨리 진행해야 하느니, 지금쯤이면 수로왕께서 한가하실 시간일 게다. 서둘러라."

락슈마나가 방을 나가자, 라뜨나는 궁궐로 가기 위해 몸단장을 했다. 평상시보다 옷차림에 더욱 신경을 썼다. 이제 라뜨나는 아유타 공주로 수로왕을 만나는 것이다. 잉신들도 사신 행렬의 예를 갖추고 뒤를 따랐다.

수로왕은 날렵한 사냥꾼 차림새였다. 자주색 저고리와 통이 좁은 바지를 입었고, 꿩깃에 검은 테를 붙인 경쾌한 느낌을 주는 절풍을 머리에 쓰고 있었다.

"무슨, 급한 일이라도 있소이까?"

수로왕은 여느 때와 다른 라뜨나 일행의 차림을 보고 의아

한 표정이었다.

락슈마나가 공손히 앞으로 나섰다.

"대왕마마, 저희의 신분을 밝히겠나이다."

"신분이라니?"

갑작스러운 락슈마나의 말에 수로왕의 얼굴에 미소가 사라졌다.

"제 누이는 바다 건너에 있는 태양의 나라 아유타의 공주이옵니다."

뜻밖의 말에 수로왕은 놀라운 빛을 감추지 못했다.

락슈마나가 품에서 아유타 국왕의 인장이 찍힌 서찰을 꺼내 수로왕에게 바쳤다.

"아유타 국왕을 대신하여 대가락국 대왕께 아룁니다. 가야와의 국혼을 바라는 아유타 국왕의 친필 서찰이옵니다."

수로왕이 금빛으로 빛나는 화려한 서찰을 받아 들었다. 잠시 침묵이 흘렀다. 곧 고개를 든 수로왕이 내관에게 서찰을 맡기고 락슈마나에게 말했다.

"허 대인, 지금 막 부여 사신들과 사냥을 하러 나가려던 참이었소. 내 자세히 서찰을 살핀 다음 다시 연통을 할 테니 물러가 계시오."

순간 라뜨나는 서운했다. 물론 라뜨나가 예고 없이 궁궐로 들어갔고, 다른 나라 사신과의 만남이 먼저였으니 수로왕으로서는 당연히 그런 태도를 취해야 했다. 라뜨나는 수로왕을 믿고 이해했지만, 팽팽하게 부풀어 올랐던 기대가 한순간에 빠져나간 듯 마음이 허전했다.

라뜨나 일행은 수로왕에게 예를 취한 다음 물러났다. 비록 수로왕의 태도에 꾸미지 않은 온유한 기운이 흘렀으나 그것은 알 수 없는 일이었다. 분명한 것은 아무것도 없어 보였다. 락슈마나의 얼굴도 어두웠다.

"내 잘못이로다. 기쁜 마음에 너무 서둘렀구나."

"아닙니다, 오라버니. 수로왕께서 기다리라 하지 않았습니까, 곧 답을 주실 겁니다."

어둠별이 뜰 무렵이었다. 내관이 라뜨나를 찾아왔다.

"대왕마마께서 공주님을 모시고 오라는 명이십니다."

라뜨나가 내관을 따라 간 곳은 개라봉 아래 드넓은 풀밭이었다. 그곳에는 커다란 천막 서너 개가 자리를 차지하고 있었다. 사냥이 끝났는지 족장들도 사신들도 보이지 않았다. 내관은 라뜨나를 그 중 한 천막으로 안내했다.

내관마저 나가고 나자 주변은 고요했다. 풀벌레 소리만 바람을 타고 흘렀다.

천막 위 구멍 뚫린 천장에 별들이 수없이 반짝거릴 때, 수로왕이 천막 안으로 들어왔다. 수로왕은 사냥꾼 차림이 아니라 궁에서 사신을 맞이할 때 입는 자색 비단 옷을 입고 있었다. 라뜨나는 자리에서 일어났다. 수로왕이 미소지었다.

"우리 둘이 허심탄회하게 이야기를 나누어야 하지 않겠소. 그러자면 궁궐보다 바다와 바람과 풀밭이 있는 자유로운 이곳이 나을 듯했소이다."

"예, 소녀도 이곳을 좋아하옵니다."

"그럴 줄 알았소. 우리 추억이 있는 곳이기도 하지요. 자, 공주의 신분을 알게 되었으니, 새로 만나는 의미로 다시 인사를 나눕시다. 나는 대가락국 수로왕, 청예라 하오."

"소녀는 아유타국의 공주, 삘리 라뜨나입니다. 부모님께서 아유타에만 있는 황금빛 다이아몬드처럼 귀한 보석이라는 뜻으로 지어 주셨습니다. 가야의 이름으로 허황옥이라 하옵니다."

"허황옥, 아름다운 이름이오. 공주, 그동안 어찌하여 신분을 말하지 않았던 게요? 좀 더 편하게 살 수 있었을 것을."

"나라를 떠나온 초라한 공주였습니다."

수로왕이 고개를 끄덕였다.

"아유타국은 아직도 위험하오? 평화협정은 맺었지만 아직 국경이 불안하다 들었소이다만."

"월지족의 땅이 워낙 척박하여 기름진 아유타를 쉽사리 포기하지 않을 것입니다."

수로왕은 뭔가 생각하는 듯하더니 곧 밝은 얼굴로 라뜨나를 바라보았다.

"공주, 이러면 어떻겠소? 우리 기마병과 수군을 파견하여 아유타에 힘을 실어 주고 또 아유타와 가야가 교류한다면 서로 이익이 될 것이오."

"그렇게까지 생각해 주시니 몸 둘 바를 모르겠사옵니다. 잉신들과 의논해 보겠습니다."

라뜨나는 수로왕을 바라보며 미소지었다.

"공주, 그대가 아유타국 공주가 아니어도 내 배필로 삼았을 것이오. 하나 이제 족장들이 그대가 근본 없이 떠도는 이방인이라는 말로 더 이상 나를 괴롭히지 못할 것이며, 백성들이 어머니로 추앙하고 있으니 그대를 왕후로 삼는 데 반대하는 자는 없을 것이오. 이제 그대의 마음을 알고 싶소."

라뜨나는 수로왕이 무엇을 묻고 싶어 하는지 알았다. 라뜨나는 손에 쥐고 있던 것을 수로왕의 손바닥 위에 올려놓았다.

"대왕마마, 이것이 무엇인지 아시겠습니까?"

"금거북이 아니오. 그런데 이것은!"

"예, 대왕께서 한나라 저잣거리에서 떨어뜨린 것을 소녀가 주운 것입니다. 대왕마마를 보듯 오래 지니고 있었던지라, 그동안 차마 돌려 드릴 수 없었습니다."

흑요석처럼 빛나는 라뜨나의 큰 눈이 수로왕을 바라보았다.

"그것을 여태 지니고 있었단 말이오? 나를 잊지 않고……."

수로왕의 눈빛은 더없는 애정을 담고 있었다. 수로왕이 다시 금거북을 라뜨나의 손에 올려놓았다. 기다리던 순간이었다.

"공주! 가야의 왕후가 되어 주시오."

젊은 왕, 가야의 수로왕이 라뜨나의 두 손을 꼭 잡았다. 바다 건너 멀고 먼 아유타에서 온 검은 피부의 공주 라뜨나는 다소곳이 고개를 끄덕였다.

수로왕과 라뜨나는 손을 잡고 천막에서 나왔다. 밖은 라뜨나가 가야 땅을 밟았던 첫날 밤 같았다. 개라봉에 둥근 달이 걸려 있고, 하늘엔 별떨기들이 와르르 쏟아져 내릴 듯 빛나고 있었다. 달과 별들의 잔치였다. 그 빛을 받으며 수로왕과 라뜨나는 거닐었다. 두 사람은 들판을 지나 바닷가 모래밭까지 이야기하며 걸었다. 그 뒤를 호위무사들이 그림자처럼 따랐다.

"폐하, 모래를 보니 사막에서의 일이 생각납니다. 상단을 만들기 위해 대도시 안악현으로 가려면 사막을 넘어야 했어요. 낮과 밤의 기온차가 심한 사막에서 지내보니, 전쟁을 일으킨 월지족 왕의 마음을 조금은 알 것 같았어요. 백성들이 헐벗고 굶주리니 우리 아유타를 넘본 거였겠지요. 하나 왕이 어떤 마음으로 나라를 다스려야 한다는 것 또한 깨달았어요."

수로왕이 라뜨나와 마주 잡은 손에 힘을 주었다.

수로왕의 목소리는 감미로운 라가 가락처럼 라뜨나의 마음을 사로잡았다. 라뜨나는 시간이 흐른 것을 알지 못했다.

밤이 깊어진 후에야 라뜨나는 수로왕 무사들의 호위를 받으며 집으로 돌아왔다.

락슈마나가 별채에서 기다리고 있었다.

"참으로 잘된 일이다. 공주, 이제 나는 마음 놓고 아유타로 돌아갈 것이다."

"오라버니! 무슨 말씀이세요?"

"공주는 이제 곧 가야의 왕후가 될 터. 수로왕께서 공주를 지켜 줄 것이야. 나는 아유타에서 불법을 공부할 것이다. 후일 인연이 된다면 이곳 가야 땅에 부처님의 말씀을 전하려 마음먹고 있느니."

"오라버니……."

라뜨나의 눈에 눈물이 고였다. 이미 정해진 락슈마나의 결심이었다. 그것은 또 다른 락슈마나의 꿈이었다. 붙잡아도 소용없는 일이었다.

"울지 마라, 공주. 이제 가야는 교역의 중심지가 될 거다. 아유타와 한나라, 왜국까지 이어지는 교역의 핵심말이야. 그 장한 일을 공주가 한 거야. 울보 라뜨나가 말이다. 하하하……."

락슈마나가 호탕하게 웃었다.

"오라버니는 언제나 소녀의 든든한 언덕이었어요. 그러고 보니 아유타의 언덕이 생각납니다. 그 물안개 자욱했던 새벽 강가를 오라버니와 함께 달리곤 했지요."

긴 세월 함께한 소중한 기억들이었다.

"공주님, 이 나라 백성들에게 빛나는 해가 되시옵소서."

락슈마나는 라뜨나에게 예를 갖추어 가야식으로 절을 올렸다.

"오라버니, 락슈마나 오라버니……."

어릴 때처럼 눈물이 자꾸만 흘러내렸지만 라뜨나는 부끄럽지 않았다.

사흘 후, 수로대왕이 지밀 내관을 통해 라뜨나에게 정식으로 청혼했다.

아유타 국왕의 국혼 서찰과 수로왕의 강력한 혼인의사에 족장들은 반대할 힘을 잃었다. 유천간과 신귀간 족장은 먼저 대왕에게 고개를 숙였고, 가장 강력한 족장인 아도간도 눈을 감고 아무런 말을 하지 않았다.

수로왕과 라뜨나의 혼인 날짜가 정해졌다.
가야 백성들은 자기 일처럼 기뻐했다.
"경사 났네, 이제사 우리 대왕님이 혼인하는구나. 상단 아가씨…… 뭐라더라 아, 유타에서 왔다는 공주님이라든가?"
"이국 땅 공주라니……, 좀 껄끄럽지 않은가."
"그게 뭔 상관이야. 그분이 굶주리는 우리들에게 먹을거리 주었던 걸 잊으면 안 되지."
"맞으이. 덕분에 바닷물도 제자리를 지켰지 않는가. 아, 그라고 지난 역병 때 공주님이 아니었으면 우리 모두 죽은 목숨들 아닌가. 그뿐인가, 험한 바닷길을 오가며 번 재물을 죄다 풀었다잖아. 아, 그만하면 가야의 왕후로 손색이 없지 않는가."
"다른 말들 말더라고, 누가 뭐래도 그분은 가야의 어머니야. 그 은혜를 모르면 사람도 아니지. 암만 그렇고말고."

백성들은 저자로 쏟아져 나와 태평성대를 노래했다. 족장들도 라뜨나 일행이 이 나라에 들어와 살면서 많은 도움을 주었다는 사실을 인정했다. 귀족에서부터 백성들까지 수로왕의 혼인을 흔쾌히 받아들였다.

건무 24년 무신년. 서력 48년, 새날이었다.

푸른 안개가 휘돌아 감아올리던 새벽하늘이 점차 장밋빛으로 밝았다. 새로 지은 수정궁 앞에 아름답게 치장한 가야 왕후가 나타났다.

왕후가 걸친 푸른 바탕의 예복은 황금색 봉황이 수놓아져 있었고, 붉은 옷깃에는 금박의 꽃잎이 단아하게 둘러져 있었다. 왕후의 이마에 붉은 빈디(복을 기원하는 상징이자 지혜를 나타냄)가 빛을 받아 반짝였다. 머리에 쓴 왕관과 귀고리는 지나가는 바람에도 파르르 떨면서 고운 소리를 냈다.

수로왕이 천천히 다가와 왕후의 곁에 섰다. 수로왕이 걸친 붉은 옷에는 고사리 문양의 금박이 화려하게 수놓아져 있었고, 검은 옷깃에는 금실로 꽃이 둘러져 있었다. 허리에는 자색 가죽띠를 둘렀고 검은 가죽 신발을 신었다. 머리에는 금동관을 썼는데 수로왕이 움직일 때마다 영롱하게 빛났다.

"가야의 왕이시여, 왕후시여! 축복받으소서."

수정궁 앞 넓은 마당에 아홉 족장들이 허리를 굽혔고, 가야의 백성들은 궁궐 밖에서 기쁨의 노래를 부르며 춤을 추었다.

 마침내 멀고 먼 태양의 나라에서 온 아유타 공주 허황옥과 해가 떠오르는 동방의 대가락, 가야의 수로왕이 하늘과 땅과 백성들의 축복을 받으며 혼인을 하였다.

 푸른 바다 위를 힘차게 솟아오른 태양이 가야의 땅을 환하게 비추었다.

18. 꿈꾸는 붉은 돛

"닻을 올려라."

뱃전을 울리는 산제이의 목소리가 우렁찼다.

돛대에 서서히 붉은 돛이 올라갔다. 성난 바람과 파도를 잠재우고 악신을 물리친다는 붉은 돛에는 아유타 왕실에서만 사용되던 은실로 물고기 한 쌍이 수놓아져 있었다.

배는 일렁이는 파도를 따라 부드럽게 가야 항구를 벗어났다. 태양은 밝고 따뜻했다.

"어마마마, 꿈만 같아요. 어마마마를 따라 야마대국으로 가다니요."

"그렇게 좋으냐?"

수로왕후가 자애로운 눈길로 어린 딸 묘견을 바라보았다.

어느덧 세월은 흘러 수로왕과 혼인한 지 30여 년, 수로왕과 수로왕후에게는 열 명의 왕자와 두 명의 공주가 있었다.

"예, 어마마마. 왜국에는 히미미코 왕자가 있잖아요. 이것 좀 보세요, 히미미코가 저에게 준 선물이에요."

묘견이가 목각 인형을 내밀었다.

"야마대국에 꼭 오라고 당부했는데, 이렇게 빨리 가게 될 줄은 몰랐어요."

묘견이는 첫 항해의 기쁨에 들떠 종다리처럼 재잘거렸다.

"그리 좋아할 일만은 아니다. 왜국은 전쟁 중인 소국이 많아 위험해. 해적 때문에 사로국과 왜국과의 관계도 위태했단다."

"알아요, 어마마마. 어마마마께서 교섭을 하셔서 야마대국과 사로국이 화해했다면서요."

"네가 그것을 어찌 아느냐?"

"'왕후, 야마대국 왕의 초청은 아마 교역보다는 외교상 좋은 선물을 주려 하지 않나 생각되오.' 하시던걸요."

"이런, 이런! 아바마마와 나누는 이야기를 들은 게로구나. 그래, 우리는 야마대국에 중요한 일을 하러 가는 거란다."

수로왕후가 묘견의 볼을 살짝 꼬집어 주고는 눈길을 바다로 돌렸다. 푸른 바다 물결 위에 햇살이 부서졌다. 밝고 희망찬 기운이 느껴지는 빛 조각이었다. 왕후는 그 빛 한 조각에서 바다를 떠돌던 어린 시절을 떠올렸다. 정략혼인을 피해 바다로 나아가 한나라에 머물렀고, 또다시 바다를 떠돌다가 전쟁에 휘말린 아유타를 돕기 위해 가야에 정착하였다.

'오라버니와 함께 바다 교역길을 열지 않았으면 우린 살아남지 못했을 거야.'

바다는 삶을 이어 주는 희망이었다. 모든 것은 바다로 통했다.

"갈우야!"

갑자기 묘견이가 갑판 위를 달려갔다. 왕후의 눈길이 묘견을 따라갔다. 용두 아래 그물망을 타고 내려오는 갈우의 모습이 보였다.

"왕후마마. 묘견 공주님을 보면 어린 시절의 왕후마마를 보는 것 같습니다."

가벼운 발걸음 소리를 내며 산제이가 다가왔다. 산제이의 살집 붙은 검붉은 얼굴은 보기 좋았고 목소리 또한 젊은이 못지않게 까랑까랑 우렁찼다.

"종정감 보기에 그러하오?"

"예, 당차고 야무진 성품이 왕후마마를 꼭 닮았나이다. 마음 또한 어질고 깊습니다. 저기를 보십시오. 의지가지없는 갈우를 저리 돕지 않습니까. 신분을 떠나 둘도 없는 동무 사이가 되었습니다."

산제이가 미소지으며 아이들 쪽으로 눈길을 돌렸다. 묘견과 갈우는 뱃머리에 앉아 도란도란 이야기하다가 무엇이 재미있는지 까르르 웃음보를 터뜨렸다.

"왕후마마처럼 묘견 공주님은 앞으로 큰 일을 하실 것입니다."

산제이가 흐뭇한 얼굴로 수로왕후와 묘견이를 번갈아 보았다. 수로왕후도 산제이와 같은 생각을 하며 고개를 끄덕였다. 왕후는 가야를 떠나기 전 궁궐에서의 일을 떠올렸다.

"어마마마를 따라 왜국으로 가고 싶어요. 허락해 주세요."

뜻밖의 말에 수로왕뿐 아니라 수로왕후의 눈이 휘둥그레졌다.

"묘견아, 바다는 위험한 곳이야. 알지 않느냐. 상단을 따라 왔던 히미미코 왕자 일 말이다. 왕자가 사로국에 인질로 잡혀 하마터면 전쟁이 일어날 뻔했다. 너 역시 항해를 하기에는 아직 어리구나."

수로왕후가 묘견에게 자분자분 설득하려 했다.

"어리다 마옵소서. 어마마마도 제 나이 때 아유타를 떠났다고 하셨습니다."

"그건, 어쩔 수 없는 일이 있었느니."

"'두려워하지 말고 앞으로 나아가라.' 어마마마께서 늘 저에게 하신 말씀이에요. 어마마마처럼 저도 넓고 새로운 곳으로 나가고 싶어요. 그래서 갈우랑 한나라 말과 왜국 말도 배웠어요. 상인들과 교역장에서 사용할 수 있는 말이에요."

묘견의 눈은 반드시 왜국으로 가고야 말겠다는 듯 반짝거렸다.

"아바마마, 어마마마, 꼭 가야 할 이유는 또 있어요. 제 동무 갈우가 할머니가 돌아가신 뒤로 꼼짝 않고 방 안에만 있어요. 돌봐 주는 사람도 없어 저러다가 어쩌면 굶어 죽을지도 몰라요. 왜국에 가서 히미미코도 만나고 그렇게 다니다 보면 예전의 막무가내 갈우, 저잣거리 휘젓고 다니던 갈우로 돌아갈 거예요. 갈우에게 희망을 주고 싶어요. 갈우와 함께 어머니를 따라 떠날 수 있게 허락해 주세요."

수로왕후는 옹골찬 묘견이가 새삼 대견했다. 저절로 얼굴 가득 미소가 떠올랐다. 수로왕후는 확신이 들었다. 자신이 새로운 세계를 두려워하지 않고 앞으로 나아갔듯이, 묘견도 그러하리라. 힘들고 벅찬 삶이 다가왔을 때 용기와 사랑으로 이겨 낼 것이다. 수로왕후는 옷섶에 매달린 금거북 장신구를 가만히 매만졌다.

"그나저나 왕후마마, 소신이 얼마 만에 바다에 나왔는지 아십니까?"

"글쎄, 그러고 보니 꽤 오래되었지요?"

"예, 궁에만 있다가 바닷길로 나서니 첫 항해처럼 가슴이 두근거립니다. 아마 소신의 마지막 여행길이 될 것 같습니다."

바람에 날리는 산제이의 머리칼은 눈처럼 하얬고 이마와 얼굴에는 주름이 깊이 패어 있었다. 수로왕후는 물기가 감도는 목소리로 한숨처럼 물었다.

"종정감, 고향이 그립지 않아요?"

"고향요? 제 고향은 가야이옵니다."

"알지요. 종정감이 가야를 어찌 생각하는지는. 하나 그토록 아유타로 돌아가고 싶어 했지만 나 때문에 못간 것 또한 잘 알고 있어요."

"아닙니다, 왕후마마. 아유타는 이곳에 깊이 들어앉았습니다. 그러니 돌아갈 곳은 없사옵니다."

산제이가 주먹으로 가슴을 툭툭 쳤다.

그런 산제이가 수로왕후는 더없이 고마웠다. 산제이는 이번 왜국길에 공주 묘견의 호위무사를 자청하고 나섰다. 왕후의 호위무사에 이어 이제는 묘견의 호위무사로 늙은 몸을 기꺼이 바치려 했다.

수로왕후는 늙어 가는 산제이를 바라보며 자신도 나이가 들었음을 느꼈다.

'그래, 이제 가야는 새로운 아이들이 이끌어 나갈 것이다. 아이들이 큰 꿈을 꾸도록 탄탄히 기반을 잡아 주어야 한다.'

왕후는 그동안 서와 남으로 한나라는 물론 임파(남베트남)와 아유타를 넘어 서역까지 가야의 교역길을 넓혔다. 또한 강과 내륙으로 통하는 새로운 길을 내었다. 동으로는 왜국과의 바닷길을 열었다. 대가락, 가야는 아유타 공주 허황옥과의 혼인으로 수로왕의 왕권이 굳건해졌다.

'앞으로 밟지 않았던 또 다른 길을 개척해야 해. 교역과 더불어 문화의 교류를 시도하리라. 가야는 서역과 아유타, 내륙 국가들과 왜국 등 수많은 나라들을 아우르며 국제 교역의 중심지로 우뚝 설 것이다. 내가 다 이루지 못한다면 묘견 공주가 할 테지. 가야의 아이들이 할 것이야.'

묘견과 갈우가 앞서거니 뒤서거니 장난하며 수로왕후와 산제이 앞으로 뛰어왔다.

"종정감님, 선장실에서 급히 찾으십니다."

먼저 달려온 갈우가 두 손을 모으고 공손히 말했다. 산제이가 고개를 끄덕이며 발걸음을 옮기려다 갈우를 돌아봤다.

"너도 가자. 배워 두면 나중에 쓰일 데가 있을 것이다."

갈우의 얼굴이 환해지며 얼른 산제이 뒤를 따랐다. 갈우는 무한한 신뢰와 존경의 눈빛으로 산제이를 바라보았고, 자식이 없는 산제이도 갈우를 무척 아끼는 듯했다.

'인연이라는 것이 이렇게도 맺어지는구나.'

그들이 걸어가는 뒷모습을 바라보던 수로왕후가 미소지었다.

"갈우야, 빨리 와야 해. 나랑 할 게 많단 말야."

선미루 뒤로 사라지는 갈우를 향해 묘견이가 소리쳤다. 갈바람이 불었다.

수로왕후는 흐트러진 묘견의 머리를 가지런히 매만져 주었다. 묘견이가 수로왕후를 향해 방긋 웃더니 춤추는 것처럼 빙그르르 돌았다. 그러고는 이리저리 걸쳐진 밧줄에 손가락이 닿자 그것을 잡고 뱃전에 몸을 기댔다.

묘견은 배에 부딪쳐 하얗게 부서지는 파도를 바라보더니 조용히 노래를 흥얼거렸다.

태양의 나라 아유타

금빛으로 빛나는 나라

사랑하는 부모님
나를 기다린다네
아리아리 아라리
아라리랑 아리아리랑

아유타의 노래였다. 수로왕후가 불렀던 어린 시절에는 절망과 아픔의 노래였다면 이제는 그리움과 희망의 노래였다.

수로왕후는 한결 의젓해진 묘견을 흐뭇한 마음으로 지켜보았다.

눈부신 햇살이 묘견의 머리 위로 쏟아져 내렸다. 문득 황금관을 쓴 묘견이가 빛 가운데 있었다. 무지갯빛 소용돌이가 묘견을 휘감았다. 빛의 눈부심에 수로왕후는 깜짝 놀라 손을 올렸다. 두 눈을 크게 떴을 때 빛은 봄날 아지랑이처럼 아른아른해지더니 점점 더 투명해져 허공으로 완전히 사라져 버렸다.

수로왕후는 난간을 잡고 생각에 잠겼다. 한낮에 이 무슨 일인가. 하늘의 계시란 말인가. 아유타의 어머니가 꾸었던 꿈처럼, 묘견의 앞날을 예시하는 증표인가. 수로왕후는 노래를 부르는 묘견을 다시 한 번 눈여겨보았다.

'그래, 내가 그랬듯, 이 아이의 앞날 또한 가슴 두근거리는

일들이 기다리고 있을 테지.'

수로왕후는 하늘을 올려다보았다. 바람을 받아 한껏 부푼 돛은 눈부신 태양 아래 붉게 빛났다. 가슴이 뛰었다. 붉은 돛을 단 배에서 앞으로 나아갈 수 있는 힘을 얻었고 새로운 희망의 꿈을 꾸었다. 수로왕후는 돛을 향해 손을 내밀었다. 붉은 돛이 답하듯 힘차게 펄럭였다. 오랜 세월 함께했던 저 붉은 돛은 분명 또 다른 모험을 꿈꾸고 있을 것이다.

"한 자리에 머물지 않으리. 아직도 해야 할 일은 많아."

수로왕후의 눈은 바닷물빛처럼 깊었다.

붉은 돛을 단 배가 물살을 가르며 힘차게 앞으로 나아갔다.

● 작가의 말

세상을 향해 열려 있는 마음

　나는 건국 신화를 민족의 자긍심을 갖게 하는 역사의 한 부분이라고 생각한다. 건국 신화는 역사적 사실을 신화화한 것이고, 그 역사를 통해 우리가 누구인지, 앞으로 무엇을 해야 하는지 알 수 있기 때문이다.

　가야는 전해 내려오는 기록 문화가 거의 없다. 가야의 건국 초기 모습은 오로지 일연이 지은 『삼국유사』에 나타난 수로왕 탄생설화와 수로왕후를 맞이하는 이야기를 통해 짐작해 볼 수 있을 뿐이다.
　한반도 남쪽 끝자락에 위치한 가야 이전의 변한은 아직 나라의 틀이 갖추어지기 전으로 족장들인 아홉 구간이 백성들을 이끌고 있었다. 어느 날 구간들이 구지봉에서 액을 막기 위해 제사를 지내는데 하늘에서 자줏빛 줄이 내려왔다. 사람들이 그 줄을 따라가 보니 붉은 보자기에 금으로 만든 상자가 싸여 있었다. 상자엔 황금 알 여섯 개가 있었다. 그 알에서 사내아이가 태어났는데, 그 중 처음으로 태어난 이가 바로 수로왕이었다.

한편 아유타국 공주 허황옥은 하늘의 상제가 정한 배필을 찾아가라는 부모의 명을 받아 잉신들과 함께 붉은 돛을 단 큰 배를 타고 2만 5천 리의 긴 항해 끝에 남해의 별포 나루터에 이르렀다. 가야 아홉 구간의 영접을 받으며 상륙한 허황옥은 비단 바지를 벗어 산신령에게 폐백 의식을 올리고 수로왕을 만났다. 자신의 배필은 하늘이 정해 주리라 믿었던 수로왕은 허황옥을 반가이 맞이했다.(『삼국유사』 「가락국기」편) 대가락국의 시조인 수로왕과 아유타 공주의 혼인은 오천 년 우리 역사상 최초의 국제결혼이었다.

수로왕은 철기와 해상무역으로 독자적인 찬란한 문화를 만들어 냈다. 작은 가야가 문화와 경제 강국이 될 수 있었던 것은 바다를 잘 활용했기 때문이다. 수로왕 곁에서 수로왕후가 그 역할을 도왔을 것이다.

『허황옥, 가야를 품다』는 아유타의 어린 공주가 어떻게 가야에 오게 되었을까 하는 궁금증에서 출발하여 그 소녀가 가야에 오는 과정과 가야에 정착하는 모습을 오래도록 구상한 작품이다. 아유타 공주 허황옥에 대한 작가적 상상력이 바탕이지만, 현재까지의 가야에 대한 연구 사료에 나타나 있는 부분들을 가능한 작품에 담으려 했다. 이 작품을 통해 이 땅의 조상들이 어떤 마음으로 세계를 이해하고 세상 사람을 만나고 있었는지 살펴보고 오늘날 우리는 얼마나 열린 마음으로 세상을 살아가고 있는지 생각해 보았으면 한다. 더불어 주변인들의 등 뒤에 숨지 않고 슬픔과 두려움에 맞서 싸워 이겨 낸 소녀 허황옥처럼, 이

책을 읽는 청소년들도 자신만의 신화와 역사를 씩씩하게 만들어 가기 바란다. 삶의 주인공은 바로 우리 자신이니까.

 허황옥의 삶과 사랑을 그려 내는 과정은 가슴 설레는 시간이었다. 오래 전 초고를 썼지만 빛을 보지 못하고 컴퓨터 안에서 사라질 뻔한 이 작품을 세상에 내보이게 되어 참으로 기쁘다. 늘 사랑으로 이끌어 주시는 선생님들과 고마운 글동무들, 그리고 출판사 〈푸른책들〉과 편집자 배은영 님에게 깊은 감사의 마음을 전한다.

2010년 8월
김 정

〈푸른도서관〉에서 만나는 청소년 역사소설
화랑 바도루 강숙인
마사코의 질문 손연자
아, 호동 왕자 강숙인
마지막 왕자 강숙인
초원의 별 강숙인
바람의 아이 한석청
네가 하늘이다 이윤희
뚜깐뎐 이용포
천년별곡 박윤규
지귀, 선덕 여왕을 꿈꾸다 강숙인
사라지지 않는 노래 배봉기
김홍도, 조선을 그리다 박지숙
에네껜 아이들 문영숙
허황옥, 가야를 품다 김정
조생의 사랑 김현화
분청, 꿈을 빚다 신현수
방울새는 울지 않는다 박윤규

김 정

1957년 경북 대구에서 태어났다. 2003년 단편동화 「자꾸 뒤돌아보는 건 부엉이 때문이야」로 제1회 '푸른문학상' 〈새로운 작가상〉을 수상하며 본격적으로 아동청소년문학 창작활동을 시작했다. 바다 건너 가야로 온 아유타 공주 허황옥의 삶을 조명하면서 철을 바탕으로 국제 무역의 중심지로 자리했던 가야의 생생한 모습을 전하고 싶었던 작가는 고증된 자료에 특유의 상상력을 결합해 첫 청소년 역사소설 『허황옥, 가야를 품다』를 세상에 내놓았다. 지은 책으로 『김홍도, 무동을 그리다』(공저), 『꼬물래』(공저), 『공주와 열쇠공』(공저) 등이 있다.

푸른도서관은 10대에서 20대까지 눈부신 성장을 거듭하는 푸른 세대를 위한 본격 문학 시리즈입니다.

1 뢰제의 나라 강숙인 | 윤석중문학상 수상작
2 아버지가 없는 나라로 가고 싶다 이규희 | 세종아동문학상 수상 작가
3 까망머리 주디 손연자 | 경기도 학교도서관 사서협의회 권장도서, 책따세 추천도서
4 이뻐 언니 강정님 | 서울시교육청 교과별 권장도서
5 너도 하늘말나리야 이금이 | 책따세 추천도서, 중앙일보 좋은책 100선 선정도서
6 내 이름엔 별이 있다 박윤규 | 서울시립어린이도서관 추천도서
7 토끼의 눈 강정규 | 세종아동문학상 수상작, 아침독서 청소년 추천도서
8 화랑 바도루 강숙인 | 동화읽는가족 추천도서
9 유진과 유진 이금이 | 책따세 추천도서, 어린이도서연구회 청소년 권장도서
10 마사코의 질문 손연자 | 세종아동문학상 수상작, SBS 어린이미디어대상 수상작
11 아, 호동 왕자 강숙인 | 경기도 학교도서관 사서협의회 권장도서
12 길 위의 책 강 미 | 제3회 푸른문학상 수상작, 책따세 추천도서
13 느티는 아프다 이용포 | 한국문화예술위원회 우수문학도서
14 발끝으로 서다 임정진 | 책따세 추천도서
15 마지막 왕자 강숙인 | 중앙일보 좋은책 100선 선정도서, 어린이도서연구회 권장도서
16 초원의 별 강숙인 | 동화읽는가족 추천도서
17 주머니 속의 고래 이금이 | 대한출판문화협회 올해의 청소년도서
18 쥐를 잡자 임태희 | 제4회 푸른문학상 수상작, 아침독서 청소년 추천도서
19 바람의 아이 한석청 | 한우리독서문화운동본부 필독도서
20 베스트 프렌드 이경혜 외 4인 앤솔러지 | 어린이도서연구회 청소년 권장도서
21 리남행 비행기 김현화 | 제5회 푸른문학상 수상작, 책따세 추천도서
22 겨울, 블로그 강 미 | 문화체육관광부 우수 교양도서, 아침독서 청소년 추천도서
23 네가 하늘이다 이윤희 | 아침독서 청소년 추천도서, 한국어린이문화대상 수상작
24 벼랑 이금이 | 한국문화예술위원회 우수문학도서, 아침독서 청소년 추천도서
25 뚜껀면 이용포 | 대한출판문화협회 올해의 청소년도서, 중앙일보 선정 이달의 책
26 천년별곡 박윤규 | 오월문학상 수상 작가
27 지귀, 선덕 여왕을 꿈꾸다 강숙인 | 책따세 추천도서, 네이버 북리펀드 선정도서
28 청아 청아 예쁜 청아 강숙인 | 한국출판회의 선정 이달의 책
29 살리에르, 웃다 문부일 외 3인 앤솔러지 | 제6회 푸른문학상 수상작, 아침독서 청소년 추천도서
30 사라지지 않는 노래 배봉기 | 문화체육관광부 우수 교양도서, 네이버 북리펀드 선정도서
31 김홍도, 조선을 그리다 박지숙 | 문화체육관광부 우수 교양도서, 소년조선일보 추천도서
32 새가 날아든다 강정규 | 아침독서 청소년 추천도서
33 에네껜 아이들 문영숙 | 책따세 추천도서, 대한출판문화협회 올해의 청소년도서
34 밤나무정의 기판이 강정님 | 한국도서관협회 선정 우수문학도서, 아침독서 청소년 추천도서
35 스쿠터 걸 은이 | 한국간행물윤리위원회 우수 청소년저작 당선작, 학교도서관저널 추천도서
36 우리 반 인터넷 소설가 이금이 | 네이버 북리펀드 선정도서, 학교도서관저널 추천도서
37 열네 살, 비밀과 거짓말 김진영 | 한국간행물윤리위원회 청소년 권장도서, 문화체육관광부 우수 교양도서
38 허황옥, 가야를 품다 김 정 | 네이버 북리펀드 선정도서, 대한출판문화협회 올해의 청소년도서
39 외톨이 김인해 외 2인 앤솔러지 | 제8회 푸른문학상 수상작, 국립어린이청소년도서관 사서 추천도서
40 그래도 괜찮아 안오일 | 한국간행물윤리위원회 우수 청소년저작 당선작, 한국도서관협회 선정 우수문학도서
41 소희의 방 이금이 | 한국도서관협회 선정 우수문학도서, 한겨레·예스24 선정 청소년책 30선
42 조생의 사랑 김현화 | 서울시교육청 남산도서관 사서 추천도서
43 아버지, 나의 아버지 최유정 | 한국도서관협회 선정 우수문학도서
44 타임 가디언 백은영 | 제4회 푸른문학상 수상 작가
45 분청, 꿈을 빚다 신현수 | 대한출판문화협회 올해의 청소년도서
46 방울새는 울지 않는다 박윤규 | 한국도서관협회 선정 우수문학도서, 학교도서관저널 추천도서
47 악어에게 물린 날 이장근 | 제8회 푸른문학상 수상 작가
48 찢어, Jean 문부일 | 제6회 푸른문학상 수상 작가
49 불량한 주스 가게 유하순 외 2인 앤솔러지 | 제9회 푸른문학상 수상작

*〈푸른도서관〉시리즈는 계속 나옵니다!